ちくま文庫

教科書で読む名作

伊豆の踊子・禽獣ほか

川端康成

筑摩書房

カバー・本文デザイン　川上成夫

＊

目次

凡例　8

＊

伊豆の踊子……9
禽獣……57
日向……95
バッタと鈴虫……101
油……111

雨傘……125
末期の眼……131
ざくろ……157
哀愁……167
しぐれ……183
弓浦市……199
並木……215
＊
解説……235
作者について――川端康成（中村良衛）236
永遠の旅人――川端康成氏の人と作品（三島由紀夫）244

*

年譜……261
傍注イラスト・秦麻利子

教科書で読む名作

伊豆の踊子・禽獣ほか

【凡例】

一「教科書で読む名作」シリーズでは、なるべく原文を尊重しつつ、文字表記を読みやすいものにした。

1　原則として、旧仮名遣いは新仮名遣いに、旧字は新字に改めた。

2　極端な当て字と思われるもの、代名詞・接続詞・副詞・連体詞・形式名詞・補助動詞などの一部は、仮名に改めたものがある。

3　常用漢字で転用できる漢字で、原文を損なうおそれが少ないと思われるものは、これを改めた。

4　送り仮名は、現行の「送り仮名の付け方」によった。

5　常用漢字の音訓表にないものには、作品ごとの初出でルビを付した。

二　今日の人権意識に照らして不当・不適切と思われる、人種・身分・職業・身体および精神障害に関する語句や表現については、時代的背景と作品の価値にかんがみ、そのままとした。

三　本巻に収録した作品のテクストは、『川端康成全集』（全35巻、新潮社）を使用した。

四　本書は、ちくま文庫のためのオリジナル編集である。

伊《い》豆《ず》の踊子《おどりこ》

発表——一九二六（大正一五）年
高校国語教科書初出——一九五六（昭和三一）年
好学社『高等学校国語　一上（新版）』

一

道がつづら折り[1]になって、いよいよ天城《あまぎ》峠に近づいたと思う頃、雨脚が杉の密林を白く染めながら、すさまじい早さで麓から私を追ってきた。

私は二十歳、高等学校[2]の制帽をかぶり、紺飛白《こんがすり》[3]の着物に袴《はかま》をはき、学生カバンを肩にかけていた。一人伊豆《いず》の旅に出てから四日目のことだった。修善寺《しゅぜんじ》温泉に一夜泊まり、湯ヶ島《ゆがしま》温泉に二夜泊まり、そして朴歯《ほおば》[4]の高下駄《たかげた》で天城を登ってきたのだった。重なり合った山々や原生林や深い渓谷の秋に見とれながらも、私は一つの期待に胸をときめかして道を急いでいるのだった。そのうちに大粒の雨が私を打ち始めた。折れ曲がった急な坂道を駆け登った。ようやく峠の北口の茶屋に辿《たど》りついてほっとすると同

1 **つづら折り**　いくつにも折れ曲がった坂道、山道。　2 **高等学校**　旧制高等学校。主人公は、第一高等学校（現在の東京大学教養学部の前身）の学生である。四六ページに「一高」とある。　3 **紺飛白**　紺の地に、かすれたような白い模様を配した織物。　4 **朴歯の高下駄**　ホオノキ（モクレン科の落葉高木）で作った、歯が分厚く高い下駄。

高下駄

時に、私はその入り口で立ちすくんでしまった。あまりに期待がみごとに的中したからである。そこで旅芸人の一行が休んでいたのだ。

突っ立っている私を見た踊子《おどりこ》がすぐに自分の座布団を外して、裏返しに傍《そば》へ置いた。

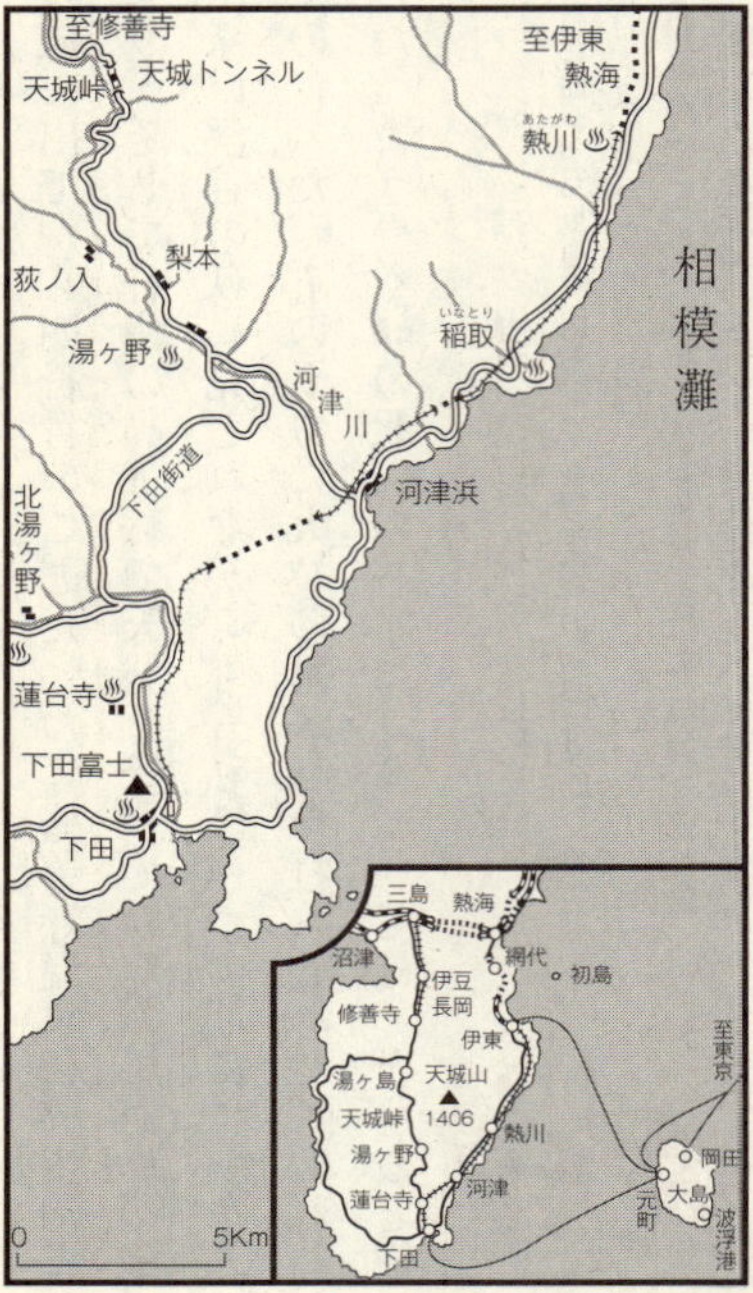

「ええ……。」とだけ言って、私はその上に腰を下ろした。坂道を走った息切れと驚きとで、「ありがとう。」という言葉が咽《のど》にひっかかって出なかったのだ。

踊子と真近に向かい合ったので、私はあわてて袂《たもと》から煙草《たばこ》を取り出した。踊子がまた連れの女の前の煙草盆を引き寄せて私に近くしてくれた。やっぱり私は黙っていた。

踊子は十七くらいに見えた。私には分からない古風の不思議な形に大きく髪を結っていた。それが卵形の凛々《りり》しい顔を非常に小さく見せながらも、美しく調和していた。髪を豊かに誇張して描いた、稗史《はいし》[6]的な娘の絵姿のような感じだった。踊子の連れは四十代の女が一人、若い女が二人、ほかに長岡温泉の宿屋の印半纏《しるしばんてん》[7]を着た二十五、六の男がいた。

私はそれまでにこの踊子たちを二度見ているのだった。最初は私が湯ヶ島へ来る途中、修善寺へ行く彼女たちと湯川橋の近くで出会った。その時は若い女が三人だったが、踊子は太鼓を提げていた。私は振り返り振り返り眺めて、旅情が自分の身についたと思った。それから、湯ヶ島の二日目の夜、宿屋へ流してきた。踊子が玄関の板敷きで踊るのを、私は梯子《はしご》段の中途に腰を下ろして一心に見ていた。——あの日が修善寺で今夜が湯ヶ島なら、明日は天城を南に越えて湯ヶ野温泉へ行くのだろう。[8]天城七

5　煙草盆　キセルで煙草を吸っていた頃に使われていたもので、火入れや灰吹きなどをセットした小さい箱。6　稗史　中国で、物語や民間の言い伝えを記録した歴史読み物。正統な史書である「正史」に対していう。ここでは、江戸時代の絵草子などを念頭に置いている。7　印半纏　襟や背などに屋号や名前を染め出した半纏。8　天城七里　天城峠を間に挟む、七里の行程。一里は、約四キロメートル。

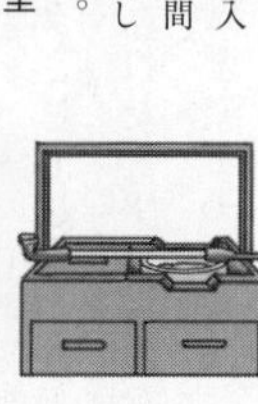
煙草盆

印半纏

里の山道できっと追いつけるだろう。そう空想して道を急いできたのだったが、雨宿りの茶屋でぴったり落ち合ったものだから、私はどぎまぎしてしまったのだ。

間もなく、茶店の婆《ばあ》さんが私を別の部屋へ案内してくれた。平常用はないらしく戸障子がなかった。下を覗《のぞ》くと美しい谷が目の届かないほど深かった。私は肌に粟粒《あわつぶ》を拵《こしら》え、かちかちと歯を鳴らして身震いした。茶を入れにきた婆さんに、寒いと言うと、

「おや、旦那様お濡《ぬ》れになってるじゃございませんか。こちらで暫《しばら》くおあたりなさいまし、さあ、お召し物をお乾かしなさいまし。」と、手を取るようにして、自分たちの居間へ誘ってくれた。

その部屋は炉が切ってあって、障子を開けると強い火気が流れてきた。私は敷居際に立って躊躇《ちゅうちょ》した。水死人のように全身蒼《あお》ぶくれの爺《じい》さんが炉端にあぐらをかいているのだ。瞳まで黄色く腐ったような目を物憂げに私のほうへ向けた。身の周りに古手紙や紙袋の山を築いて、その紙屑《かみくず》のなかに埋もれていると言ってもよかった。とうてい生き物と思えない山の怪奇を眺めたまま、私は棒立ちになっていた。

「こんなお恥ずかしい姿をお見せいたしまして……。でも、うちのじじいでございますから御心配なさいますな。お見苦しくても、動けないのでございますから、このま

まで堪忍してやって下さいまし。」

そう断ってから、婆さんが話したところによると、爺さんは長年中風《ちゆうぶ》[9]を患って、全身が不随になってしまっているのだそうだ。紙の山は、諸国から中風の養生を教えてきた手紙や、諸国から取り寄せた中風の薬の袋なのである。爺さんは峠を越える旅人から聞いたり、新聞の広告を見たりすると、その一つをも漏らさずに、全国から中風の療法を聞き、売薬を求めたのだそうだ。そして、それらの手紙や紙袋を一つも捨てずに身の周りに置いて眺めながら暮らしてきたのだそうだ。長年の間にそれが古ぼけた反古《ほご》の山を築いたのだそうだ。

私は婆さんに答える言葉もなく、囲炉裏の上にうつむいていた。山を越える自動車が家を揺すぶった。秋でもこんなに寒い、そして間もなく雪に染まる峠を、なぜこの爺さんは下りないのだろうと考えていた。私の着物から湯気が立って、頭が痛むほど火が強かった。婆さんは店に出て旅芸人の女と話していた。

「そうかねえ。この前連れていた子がもうこんなになったのかい。いい娘《あんこ》になって、

9 中風　脳出血などによって起こる、半身不随、手足の麻痺《まひ》などの症状。

お前さんも結構だよ。こんなに綺麗《きれい》になったのかねえ。女の子は早いもんだよ。」

小一時間経《た》つと、旅芸人たちが出《い》で立つらしい物音が聞こえてきた。私も落ち着いている場合ではないのだが、胸騒ぎするばかりで立ち上がる勇気が出なかった。旅慣れたと言っても女の足だから、十町や二十町遅れたって一走りに追いつけると思いながら、炉の傍でいらいらしていた。しかし踊子たちが傍にいなくなると、かえって私の空想は解き放たれたように生き生きと踊り始めた。彼らを送り出してきた婆さんに聞いた。

「あの芸人は今夜どこで泊まるんでしょう。」

「あんな者、どこで泊まるやら分かるものでございますか、旦那様。お客があればあり次第、どこにだって泊まるんでございますよ。今夜の宿のあてなんぞございますものか。」

甚だしい軽蔑を含んだ婆さんの言葉が、それならば、踊子を今夜は私の部屋に泊まらせるのだ、と思ったほど私を煽《あお》り立てた。

雨脚が細くなって、峰が明るんできた。もう十分も待てば綺麗に晴れ上がると、しきりに引き止められたけれども、じっと座っていられなかった。

「お爺さん、お大事になさいよ。寒くなりますからね。」と、私は心から言って立ち上がった。爺さんは黄色い目を重そうに動かして微《かす》かにうなずいた。

「旦那さま、旦那さま。」と叫びながら婆さんが追っかけてきた。

「こんなにいただいてはもったいのうございます。申し訳ございません。」

そして私のカバンを抱きかかえて渡そうとせずに、幾ら断ってもその辺まで送ると言って承知しなかった。一町ばかりもちょこちょこついてきて、同じことを繰り返していた。

「もったいのうございます。お粗末いたしました。お顔をよく覚えております。今度お通りの時にお礼をいたします。この次もきっとお立ち寄り下さいまし。お忘れはいたしません。」

私は五十銭銀貨を一枚置いただけだったので、いたく驚いて涙がこぼれそうに感じているのだったが、踊子に早く追いつきたいものだから、婆さんのよろよろした足取りが迷惑でもあった。とうとう峠のトンネルまで来てしまった。

10 町　距離の単位。一町は、約一一〇メートル。

「どうもありがとう。お爺さんが一人だから帰ってあげて下さい。」と私が言うと、婆さんはやっとのことでカバンを離した。

暗いトンネルに入ると、冷たい滴がぽたぽた落ちていた。南伊豆への出口が前方に小さく明るんでいた。

二

トンネルの出口から白塗りの柵に片側を縫われた峠道が稲妻のように流れていた。この模型のような展望の裾のほうに芸人たちの姿が見えた。六町と行かないうちに私は彼らの一行に追いついた。しかし急に歩調を緩めることもできないので、私は冷淡なふうに女たちを追い越してしまった。十間ほど先に一人歩いていた男が私を見ると立ち止まった。

「お足が早いですね。――いい塩梅《あんばい》に晴れました。」

私はほっとして男と並んで歩き始めた。男は次々にいろんなことを私に聞いた。二人が話し出したのを見て、うしろから女たちがばたばた走り寄ってきた。

男は大きい柳行李《やなぎごうり》[12]を背負っていた。四十女は小犬を抱いていた。上の娘が風呂敷包み、中の娘が柳行李、それぞれ大きい荷物を持っていた。踊子は太鼓とその枠を負うていた。四十女もぽつぽつ私に話しかけた。

「高等学校の学生さんよ。」と、上の娘が踊子に囁《ささや》いた。私が振り返ると笑いながら言った。

「そうでしょう。それくらいのことは知っています。島へ学生さんが来ますもの。」

一行は大島の波浮《はぶ》の港の人たちだった。春に島を出てから旅を続けているのだが、寒くなるし、冬の用意はしてこないので、下田に十日ほどいて伊東《いとう》温泉から島へ帰るのだと言った。大島と聞くと私はいっそう詩を感じて、また踊子の美しい髪を眺めた。大島のことをいろいろ尋ねた。

「学生さんがたくさん泳ぎにくるね。」と、踊子が連れの女に言った。

「夏でしょう。」と、私が振り向くと、踊子はどぎまぎして、

11 間　長さの単位。一間は、約一・八メートル。　12 柳行李　皮をはいだヤナギの枝を編んで作った箱で、衣類などを入れるのに用いる。

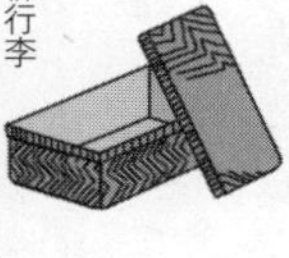
柳行李

「冬でも……。」と、小声で答えたように思われた。

「冬でも?」

踊子はやはり連れの女を見て笑った。

「冬でも泳げるんですか。」と、私がもう一度言うと、踊子は赤くなって、非常に真面目な顔をしながら軽くうなずいた。

「馬鹿《ばか》だ。この子は。」と、四十女が笑った。

湯ヶ野までは河津《かわづ》川の渓谷に沿うて三里余り[13]の下りだった。峠を越えてからは、山や空の色までが南国らしく感じられた。私と男とは絶えず話し続けて、すっかり親しくなった。荻乗《おぎのり》[14]や梨本なぞの小さい村里を過ぎて、湯ヶ野の藁《わら》屋根が麓に見えるようになった頃、私は下田まで一緒に旅をしたいと思い切って言った。彼は大変喜んだ。

湯ヶ野の木《き》賃宿《ちんやど》[15]の前で四十女が、ではお別れ、という顔をした時に、彼は言ってくれた。

「この方はお連れになりたいとおっしゃるんだよ。」

「それは、それは。旅は道連れ、世は情け。私たちのようなつまらない者でも、御退屈しのぎにはなりますよ。まあ上がってお休みなさいまし。」と無造作に答えた。娘たちは一時《いちどき》に私を見たが、至極なんでもないという顔で黙って、少し恥ずかしそうに私を眺めていた。

皆と一緒に宿屋の二階へ上がって荷物を下ろした。畳や襖《ふすま》も古びて汚かった。踊子が下から茶を運んできた。私の前に座ると、真っ赤になりながら手をぶるぶる震わせるので茶碗《ちゃわん》が茶托《ちゃたく》から落ちかかり、落とすまいと畳に置く拍子に茶をこぼしてしまった。あまりにひどいはにかみようなので、私はあっけにとられた。

「まあ！　嫌らしい。この子は色気づいたんだよ。あれあれ……。」と、四十女が呆《あき》れ果てたというふうに眉をひそめて手拭いを投げた。踊子はそれを拾って、窮屈そうに畳を拭いた。

この意外な言葉で、私はふと自分を省みた。峠の婆さんに煽り立てられた空想がぽきんと折れるのを感じた。

そのうちに突然四十女が、

---

13 里　距離の単位。一里は、約四キロメートル。　14 荻乗　正しくは、荻《おぎ》ノ入《いり》。　15 木賃宿　泊まり客が自炊し、燃料代だけ支払うしくみの宿。最下級の安宿。

「書生さんの紺飛白はほんとにいいねえ。」と言って、しげしげ私を眺めた。

「この方の飛白は民次《たみじ》と同じ柄だね。ね、そうだね。同じ柄じゃないかね。」

傍の女に幾度も駄目を押してから私に言った。

「国に学校行きの子供を残してあるんですが、その子を今思い出しましてね。その子の飛白と同じなんですもの。この節は紺飛白もお高くてほんとに困ってしまう。」

「どこの学校です。」

「尋常[16]五年なんです。」

「へえ、尋常五年とはどうも……。」

「甲府の学校へ行ってるんでございますよ。長く大島におりますけれど、国は甲斐[17]《かい》の甲府でございましてね。」

一時間ほど休んでから、男が私を別の温泉宿へ案内してくれた。それまでは私も芸人たちと同じ木賃宿に泊まることとばかり思っていたのだった。私たちは街道から石ころ道や石段を一町ばかり下りて、小川のほとりにある共同湯の横の橋を渡った。橋の向こうは温泉宿の庭だった。

そこの内湯につかっていると、後から男がはいってきた。自分が二十四になることや、女房が二度とも流産と早産とで子供を死なせたことなぞを話した。彼は長岡温泉の印半纏を着ているので、長岡の人間だと私は思っていたのだった。また顔付きも話振りも相当知識的なところから、物好きか芸人の娘に惚《ほ》れたかで、荷物を持ってやりながらついてきているのだと想像していた。

湯から上がると私はすぐに昼飯を食べた。湯ヶ島を朝の八時に出たのだったが、その時はまだ三時前だった。

男が帰りがけに、庭から私を見上げて挨拶をした。

「これで柿でもおあがりなさい。二階から失礼。」と言って、私は金包みを投げた。男は断って行き過ぎようとしたが、庭に紙包みが落ちたままなので、引き返してそれを拾うと、

「こんなことをなさっちゃいけません。」と放り上げた。それが藁屋根の上に落ちた。私がもう一度投げると、男は持って帰った。

夕暮れからひどい雨になった。山々の姿が遠近を失って白く染まり、前の小川が見

16 尋常五年　旧制の尋常小学校五年生。現在の小学校五年生にあたる。
17 甲斐　旧国名の一つ。現在の山梨県。

る見る黄色く濁って音を高めた。こんな雨では踊子たちが流してくることもあるまいと思いながら、私はじっと座っていられないので二度も三度も湯にはいってみたりしていた。部屋は薄暗かった。隣室との間の襖を四角く切り抜いたところに鴨居《かもい》から電灯が下がっていて、一つの明かりが二室兼用になっているのだった。

とんとんとんとん、激しい雨の音の遠くに太鼓の響きが微かに生まれた。私は掻《か》き破るように雨戸を開けて体を乗り出した。太鼓の音が近づいてくるようだ。雨風が私の頭を叩《たた》いた。私は目を閉じて耳を澄ましながら、太鼓がどこをどう歩いてここへ来るかを知ろうとした。間もなく三味線の音が聞こえた。女の長い叫び声が聞こえた。賑《にぎ》やかな笑い声が聞こえた。そして芸人たちは木賃宿と向かい合った料理屋のお座敷に呼ばれているのだと分かった。二、三人の女の声と三、四人の男の声とが聞き分けられた。そこがすめばこちらへ流してくるのだろうと待っていた。しかしその酒宴は陽気を越えて馬鹿騒ぎになっていくらしい。女の金切り声が時々稲妻のように闇夜に鋭く通った。私は神経を尖《とが》らせて、いつまでも戸を開けたままじっと座っていた。太鼓の音が聞こえるたびに胸がほうと明るんだ。

「ああ、踊子はまだ宴席に座っていたのだ。座って太鼓を打っているのだ。」

太鼓が止《や》むとたまらなかった。雨の音の底に私は沈み込んでしまった。やがて、皆が追っかけっこをしているのか、踊り回っているのか、乱れた足音が暫く続いた。そして、ぴたと静まり返ってしまった。私は目を光らせた。この静けさが何であるかを闇を通して見ようとした。踊子の今夜が汚れるのであろうかと悩ましかった。

雨戸を閉じて床にはいっても胸が苦しかった。また湯にはいった。湯を荒々しく掻き回した。雨が上がって、月が出た。雨に洗われた秋の夜が冴《さ》え冴《ざ》えと明るんだ。跣《はだし》で湯殿を抜け出していったって、どうともできないのだと思った。二時を過ぎていた。

三

あくる朝の九時過ぎに、もう男が私の宿に訪ねてきた。起きたばかりの私は彼を誘って湯に行った。美しく晴れ渡った南伊豆の小春日和で、水かさの増した小川が湯殿の下に暖かく日を受けていた。自分にも昨夜の悩ましさが夢のように感じられるのだったが、私は男に言ってみた。

「昨夜は大分遅くまで賑やかでしたね。」

「なあに。聞こえましたか。」

「聞こえましたとも。」

「この土地の人なんですよ。土地の人は馬鹿騒ぎをするばかりで、どうも面白くありません。」

彼があまりに何げないふうなので、私は黙ってしまった。

「向こうのお湯にあいつらが来ています。——ほれ、こちらを見つけたと見えて笑っていやがる。」

彼に指ざされて、私は川向こうの共同湯のほうを見た。湯気の中に七、八人の裸体がぼんやり浮かんでいた。

仄暗《ほのぐら》い湯殿の奥から、突然裸の女が走り出してきたかと思うと、脱衣場の突鼻《とっぱな》に川岸へ飛び下りそうな格好で立ち、両手を一ぱいに伸ばして何か叫んでいる。手拭いもない真っ裸だ。それが踊子だった。若桐《わかぎり》のように足のよく伸びた白い裸身を眺めて、私は心に清水を感じ、ほうっと深い息を吐いてから、ことこと笑った。子供なんだ。私たちを見つけた喜びで真っ裸のまま日の光の中に飛び出し、爪先で背いっぱいに伸び上がるほどに子供なんだ。私は朗らかな喜びでことことと笑い続けた。頭が拭われたように澄んできた。微笑がいつまでもとまらなかった。

踊子の髪が豊か過ぎるので、十七、八に見えていたのだ。その上娘盛りのように装わせてあるので、私はとんでもない思い違いをしていたのだ。

男と一緒に私の部屋に帰っていると、間もなく上の娘が宿の庭へ来て菊畑を見ていた。踊子が橋を半分ほど渡っていた。四十女が共同湯を出て二人のほうを見た。踊子はきゅっと肩をつぼめながら、叱られるから帰ります、というふうに笑って見せて急ぎ足に引き返した。四十女が橋まで来て声を掛けた。

「お遊びにいらっしゃいまし。」

「お遊びにいらっしゃいまし。」

上の娘も同じことを言って、女たちは帰っていった。男はとうとう夕方まで座り込んでいた。

夜、紙類を卸《おろ》して回る行商人と碁を打っていると、宿の庭に突然太鼓の音が聞こえた。私は立ち上がろうとした。

「流しが来ました。」

「ううん、つまらない、あんなもの。さ、さ、あなたの手ですよ。私ここへ打ちました。」と、碁盤をつきながら紙屋は勝負に夢中だった。私はそわそわしているうちに芸人たちはもう帰り道らしく、男が庭から、

「今晩は。」と声を掛けた。

私は廊下に出て手招きした。芸人たちは庭でちょっと囁き合ってから玄関へ回った。男の後から娘が三人順々に、

「今晩は。」と、廊下に手を突いて芸者のようにお辞儀をした。碁盤の上では急に私の負け色が見え出した。

「これじゃ仕方がありません。投げですよ。」

「そんなことがあるもんですか。私のほうが悪いでしょう。どっちにしても細かいです。」

紙屋は芸人のほうを見向きもせずに、碁盤の目を一つ一つ数えてから、ますます注意深く打っていった。女たちは太鼓や三味線を部屋の隅に片づけると、将棋盤の上で五目並べを始めた。そのうちに私は勝っていた碁を負けてしまったのだが、紙屋は、

「いかがですもう一石、もう一石願いましょう。」と、しつっこくせがんだ。しかし

私が意味もなく笑っているばかりなので紙屋はあきらめて立ち上がった。

娘たちが碁盤の近くへ出てきた。

「今夜はまだこれからどこかへ回るんですか。」

「回るんですが。」と、男は娘たちのほうを見た。

「どうしよう。今夜はもう止《よ》しにして遊ばせていただくか。」

「嬉《うれ》しいね。嬉しいね。」

「叱られやしませんか。」

「なあに、それに歩いたってどうせお客がないんです。」

そして五目並べなぞをしながら、十二時過ぎまで遊んでいった。

踊子が帰った後は、とても眠れそうもなく頭が冴え冴えしているので、私は廊下に出て呼んでみた。

「紙屋さん、紙屋さん。」

「よう……。」と、六十近い爺さんが部屋から飛び出し、勇み立って言った。

「今晩は徹夜ですぞ。打ち明かすんですぞ。」

私もまた非常に好戦的な気持ちだった。

四

その次の朝八時が湯ヶ野出立《しゅったつ》の約束だった。私は共同湯の横で買った鳥打ち帽[18]をかぶり、高等学校の制帽をカバンの奥に押し込んでしまって、街道沿いの木賃宿へ行った。二階の戸障子がすっかり開け放たれているので、なんの気なしに上がっていくと、芸人たちはまだ床の中にいるのだった。私は面食らって廊下に突っ立っていた。

私の足もとの寝床で、踊子が真っ赤になりながら両の掌《てのひら》ではたと顔を押さえてしまった。彼女は中の娘と一つの床に寝ていた。昨夜の濃い化粧が残っていた。唇と眦《まなじり》の紅が少しにじんでいた。この情緒的な寝姿が私の胸を染めた。彼女は眩《まぶ》しそうにくるりと寝返りして、掌で顔を隠したまま布団を滑り出ると、廊下に座り、

「昨晩はありがとうございました。」と、綺麗なお辞儀をして、立ったままの私をまごつかせた。

男は上の娘と同じ床に寝ていた。それを見るまで私は、二人が夫婦であることをちっとも知らなかったのだった。

「大変すみませんのですよ。今日立つつもりでしたけれど、今晩お座敷がありそうでございますから、私たちは一日延ばしてみることにいたしました。どうしても今日お立ちになるなら、また下田でお目にかかりますわ。私たちは甲州屋という宿屋にきめておりますから、すぐお分かりになります。」と四十女が寝床から半ば起き上がって言った。私は突っ放されたように感じた。

「明日にしていただけませんか。おふくろが一日延ばすって承知しないもんですからね。道連れのあるほうがよろしいですよ。明日一緒に参りましょう。」と男が言うと、四十女も付け加えた。

「そうなさいましよ。せっかくお連れになっていただいて、こんな我儘《わがまま》を申しちゃすみませんけれど——。明日は槍《やり》が降っても立ちます。明後日《あさって》が旅で死んだ赤ん坊の四[19]十九日でございましてね、四十九日には心ばかりのことを、下田でしてやりたいと前々から思って、その日までに下田へ行けるように旅を急いだので

18 **鳥打ち帽**　短い庇《ひさし》のついた平たい帽子。ハンチング。狩猟などに用いたことから、こう呼ばれた。　19 **四十九日**　人の死後、四九日目に行う法要。

鳥打ち帽

ございますよ。そんなこと申しちゃ失礼ですけれど、不思議な御縁ですもの、明後日はちょっと拝んでやって下さいましな。」

そこで私は出立を延ばすことにして階下へ下りた。皆が起きてくるのを待ちながら、汚い帳場で宿の者と話していると、男が散歩に誘った。街道を少し南へ行くと綺麗な橋があった。橋の欄干によりかかって、彼はまた身の上話を始めた。東京である新派[20]役者の群れに暫く加わっていたとのことだった。今でも時々大島の港で芝居をするのだそうだ。彼らの荷物の風呂敷から刀の鞘《さや》が足のようにはみ出していたのだったが、お座敷でも芝居の真似《まね》をしてみせるのだと言った。柳行李の中はその衣装や鍋茶碗なぞの世帯道具なのである。

「私は身を誤った果てに落ちぶれてしまいましたが、兄が甲府で立派に家の跡目を立てていてくれます。だから私はまあいらない体なんです。」

「私はあなたが長岡温泉の人だとばかり思っていましたよ。」

「そうでしたか。あの上の娘が女房ですよ。あなたより一つ下、十九でしてね、旅の空で二度目の子供を早産しちまって、子供は一週間ほどして息が絶えるし、女房はまだ体がしっかりしないんです。あの婆さんは女房の実のおふくろなんです。踊子は私の実の妹ですが。」

「へえ。十四になる妹があるっていうのは……。」

「あいつですよ。妹にだけはこんなことをさせたくないと思いつめていますが、そこにはまたいろんな事情がありましてね。」

それから、自分が栄吉、女房が千代子、妹が薫《かおる》ということなぞを教えてくれた。もう一人の百合子《ゆりこ》という十七の娘だけが大島生まれで雇いだとのことだった。栄吉はひどく感傷的になって泣き出しそうな顔をしながら河瀬を見つめていた。

引き返してくると、白粉《おしろい》を洗い落とした踊子が道ばたにうずくまって犬の頭を撫《な》でていた。私は自分の宿に帰ろうとして言った。

「遊びにいらっしゃい。」

「ええ。でも一人では……。」

「だから兄さんと。」

20　新派役者　新派劇の俳優。新派劇は歌舞伎（旧劇）に対抗して発達した一派で、現代劇を主とする。明治時代中期から盛んに行われた。

「すぐに行きます。」

間もなく栄吉が私の宿へ来た。

「皆は？」

「女どもはおふくろがやかましいので。」

しかし、二人が暫く五目並べをやっていると、女たちが橋を渡ってどんどん二階へ上がってきた。いつものように丁寧なお辞儀をして廊下に座ったままためらっていたが、一番に千代子が立ち上がった。

「これは私の部屋よ。さあどうぞ御遠慮なしにお通り下さい。」

一時間ほど遊んで芸人たちはこの宿の内湯へ行った。一緒にはいろうとしきりに誘われたが、若い女が三人もいるので、私は後から行くとごまかしてしまった。すると踊子が一人すぐに上がってきた。

「肩を流してあげますからいらっしゃいませって、姉さんが。」と、千代子の言葉を伝えた。

湯には行かずに、私は踊子と五目を並べた。彼女は不思議に強かった。[21]勝ち継ぎをやると、栄吉や他の女は造作なく負けるのだった。五目ではたいていの人に勝つ私が力一杯だった。わざと甘い石を打ってやらなくともいいのが気持ちよかった。二人きりだから、初めのうち彼女は遠くのほうから手を伸ばして石を下ろしていたが、だんだん我を忘れて一心に碁盤の上へ覆いかぶさってきた。不自然なほど美しい黒髪が私の胸に触れそうになった。突然、ぱっと赤くなって、

「御免なさい。叱られる。」と石を投げ出したまま飛び出していった。共同湯の前におふくろが立っていたのである。千代子と百合子もあわてて湯から上がると、二階へは上がってこずに逃げて帰った。

この日も、栄吉は朝から夕方まで私の宿に遊んでいた。純朴で親切らしい宿のおかみさんが、あんな者に御飯を出すのはもったいないと言って、私に忠告した。

夜、私が木賃宿に出向いていくと、踊子はおふくろに三味線を習っているところだった。私を見ると止めてしまったが、おふくろの言葉でまた三味線を抱き上げた。歌う声が少し高くなるたびに、おふくろが言った。

「声を出しちゃいけないって言うのに。」

21 勝ち継ぎ　勝った者が相手を替えて、次々と勝負を続けること。勝ち抜き。

栄吉は向かい側の料理屋の二階座敷に呼ばれて何か唸《うな》っているのが、こちらから見えた。

「あれはなんです。」

「あれ——謡《うたい》[22]ですよ。」

「謡は変だな。」

「八百屋だから何をやり出すか分かりゃしません。」

そこへこの木賃宿の間を借りて鳥屋をしているという四十前後の男が襖を開けて、御馳走《ごちそう》をすると娘たちを呼んだ。踊子は百合子と一緒に箸《はし》を持って隣の間へ行き、鳥屋が食べ荒した後の鳥鍋をつついていた。こちらの部屋へ一緒に立ってくる途中で、鳥屋が踊子の肩を軽く叩いた。おふくろが恐ろしい顔をした。

「こら。この子に触っておくれでないよ。生娘《きむすめ》なんだからね。」

踊子はおじさんおじさんと言いながら、鳥屋に『水戸《みと》[23]黄門《こうもん》漫遊記』を読んでくれと頼んだ。しかし鳥屋はすぐに立っていった。続きを読んでくれと私に直接言えないので、おふくろから頼んで欲しいようなことを、踊子がしきりに言った。私は一つの期待を持って講談本を取り上げた。はたして踊子がするすると近寄ってきた。私が読み出すと、彼女は私の肩に触るほどに顔を寄せて真剣な表情をしながら、目をきらきら輝かせて一心に私の額をみつめ、瞬き一つしなかった。これは彼女が本を読んでもらう時の癖らしかった。さっきも鳥屋とほとんど顔を重ねていた。私はそれを見ていたのだった。この美しく光る黒目がちの大きい目は踊子の一番美しい持ちものだった。二重瞼《ふたえまぶた》の線が言いようなく綺麗だった。それから彼女は花のように笑うのだった。花のように笑うという言葉が彼女にはほんとうだった。

間もなく、料理屋の女中が踊子を迎えにきた。踊子は衣装をつけて私に言った。

「すぐ戻ってきますから、待っていて続きを読んで下さいね。」

それから廊下に出て手を突いた。

「行って参ります。」

「決して歌うんじゃないよ。」とおふくろが言うと、彼女は太鼓を提げて軽くうなずいた。おふくろは私を振り向いた。

22 謡　能楽に合わせてうたう、うたいもの。謡曲。　23『水戸黄門漫遊記』江戸時代に水戸黄門（水戸藩主・徳川光圀《みつくに》）が世直しのため日本各地を漫遊したという創作物語。幕末以降、講談本で人気を博した。

「今ちょうど声変わりなんですから……。」

踊子は料理屋の二階にきちんと座って太鼓を打っていた。その後ろ姿が隣座敷のことのように見えた。太鼓の音は私の心を晴れやかに踊らせた。

「太鼓がはいると御座敷が浮き立ちますね。」とおふくろも向こうを見た。

千代子も百合子も同じ座敷へ行った。

一時間ほどすると四人一緒に帰ってきた。

「これだけ……。」と、踊子は握り拳からおふくろの掌へ五十銭銀貨をざらざら落とした。私はまた暫く『水戸黄門漫遊記』を口読した。彼らはまた旅で死んだ子供の話をした。水のように透き通った赤ん坊が生まれたのだそうである。泣く力もなかったが、それでも一週間息があったそうである。

好奇心もなく、軽蔑も含まない、彼らが旅芸人という種類の人間であることを忘れてしまったような、私の尋常な好意は、彼らの胸にも沁《し》み込んでいくらしかった。私はいつの間にか大島の彼らの家へ行くことにきまってしまっていた。

「爺さんのいる家ならいいね。あすこなら広いし、爺さんを追い出しとけば静かだから、いつまでいなさってもいいし、勉強もおできなさるし。」なぞと彼ら同士で話し合っては私に言った。
「小さい家を二つ持っておりましてね、山のほうの家は空いているようなものですもの。」

また正月には私が手伝ってやって、波浮の港で皆が芝居をすることになっていた。

彼らの旅心は、最初私が考えていたほど世知辛いものでなく、野の匂いを失わないのんきなものであることも、私に分かってきた。親子兄弟であるだけに、それぞれ肉親らしい愛情で繋《つな》がり合っていることも感じられた。雇い女の百合子だけは、はにかみ盛りだからでもあるが、いつも私の前でむっつりしていた。

夜半を過ぎてから私は木賃宿を出た。娘たちが送って出た。踊子が下駄を直してくれた。踊子は門口から首を出して、明るい空を眺めた。

「ああ、お月さま。――明日は下田、嬉しいな。赤ん坊の四十九日をして、おっかさんに櫛《くし》を買ってもらって、それからいろんなことがありますのよ。活動[24]へ連れていって下さいましね。」

24 活動　活動写真。明治・大正期における映画の呼称。

下田の港は、伊豆相模《さがみ》の温泉場なぞを流して歩く旅芸人が、旅の空での故郷として懐かしがるような空気の漂った町なのである。

五

芸人たちはそれぞれに天城を越えた時と同じ荷物を持った。おふくろの腕の輪に小犬が前足を載せて旅慣れた顔をしていた。湯ヶ野を出外れると、また山にはいった。海の上の朝日が山の腹を温めていた。私たちは朝日のほうを眺めた。河津川の行く手に河津の浜が明るく開けていた。

「あれが大島なんですね。」

「あんなに大きく見えるんですもの、いらっしゃいましね。」と踊子が言った。

秋空が晴れ過ぎたためか、日に近い海は春のように霞《かす》んでいた。ここから下田まで五里歩くのだった。暫くの間海が見え隠れしていた。千代子はのんびりと歌を歌い出した。

途中で少し険しいが二十町ばかり近い山越えの間道を行くか、楽な本街道を行くかと言われた時に、私はもちろん近道を選んだ。

落ち葉で滑りそうな胸突き上がりの木下道《このしたみち》だった。息が苦しいものだから、かえってやけ半分に私は膝頭を掌《たなごころ》で突き伸ばすようにして足を早めた。見る見るうちに一行は遅れてしまって、話し声だけが木の中から聞こえるようになった。踊子が一人裾を高く掲げて、とっとっと私についてくるのだった。一間ほどうしろを歩いて、その間隔を縮めようとも伸ばそうともしなかった。私が振り返って話しかけると、驚いたように微笑《ほほえ》みながら立ち止まって返事をする。踊子が話しかけた時に、追いつかせるつもりで待っていると、彼女はやはり足を止めてしまって、私が歩き出すまで歩かない。道が折れ曲がっていっそう険しくなるあたりからますます足を急がせると、踊子は相変わらず一間うしろを一心に登ってくる。山は静かだった。ほかの者たちはずっと遅れて話し声も聞こえなくなっていた。

「東京のどこに家があります。」

「いいや、学校の寄宿舎にいるんです。」

「私も東京は知ってます、お花見時分に踊りにいって――。小さい時でなんにも覚えていません。」

それからまた踊子は、

「お父さんありますか。」とか、

「甲府へ行ったことありますか。」とか、ぽつりぽつりいろんなことを聞いた。下田へ着けば活動を見ることや、死んだ赤ん坊のことなぞを話した。

山の頂上へ出た。踊子は枯れ草の中の腰掛けに太鼓を下ろすと手巾《ハンカチ》で汗を拭いた。そして自分の足の埃《ほこり》を払おうとしたが、ふと私の足もとにしゃがんで袴の裾を払ってくれた。私が急に身を引いたものだから、踊子はこつんと膝を落とした。屈《かが》んだまま私の身の周りをはたいて回ってから、掲げていた裾を下ろして、大きい息をして立っている私に、

「お掛けなさいまし。」と言った。

腰掛けのすぐ横へ小鳥の群れが渡ってきた。鳥がとまる枝の枯れ葉がかさかさ鳴るほど静かだった。

「どうしてあんなに早くお歩きになりますの。」

踊子は暑そうだった。私が指でべんべんと太鼓を叩くと小鳥が飛び立った。

「ああ水が飲みたい。」

「見てきましょうね。」

しかし、踊子は間もなく黄ばんだ雑木の間から空《むな》しく帰ってきた。

「大島にいる時は何をしているんです。」

すると踊子は唐突に女の名前を二つ三つあげて、私に見当のつかない話を始めた。大島ではなくて甲府の話らしかった。尋常二年まで通った小学校の友達のことらしかった。それを思い出すままに話すのだった。

十分ほど待つと若い三人が頂上に辿りついた。おふくろはそれからまた十分遅れて着いた。

下りは私と栄吉とがわざと遅れてゆっくり話しながら出発した。二町ばかり歩くと、下から踊子が走ってきた。

「この下に泉があるんです。大急ぎでいらして下さいって、飲まずに待っていますから。」

水と聞いて私は走った。木陰の岩の間から清水が湧いていた。泉のぐるりに女たちが立っていた。

「さあお先にお飲みなさいまし。手を入れると濁るし、女の後は汚いだろうと思って。」とおふくろが言った。

私は冷たい水を手に掬《すく》って飲んだ。女たちは容易にそこを離れなかった。手拭いをしぼって汗を落としたりした。

その山を下りて下田街道に出ると、炭焼きの煙が幾つも見えた。路傍の材木に腰を下ろして休んだ。踊子は道にしゃがみながら、桃色の櫛で犬のむく毛を梳《す》いてやっていた。

「歯が折れるじゃないか。」とおふくろがたしなめた。

「いいの。下田で新しいのを買うもの。」

湯ヶ野にいる時から私は、この前髪に挿した櫛を貰《もら》っていくつもりだったので、犬の毛を梳くのはいけないと思った。

道の向こう側にたくさんある篠竹《しのだけ》[25]の束を見て、杖《つえ》にちょうどいいなぞと話しながら、私と栄吉とは一足先に立った。踊子が走って追っかけてきた。自分の背より長い太い竹を持っていた。

「どうするんだ。」と栄吉が聞くと、ちょっとまごつきながら私に竹を突きつけた。

「杖に上げます。一番太いのを抜いて来た。」

「駄目だよ。太いのは盗んだとすぐに分かって、見られると悪いじゃないか。返してこい。」

踊子は竹束のところまで引き返すと、また走ってきた。今度は中指くらいの太さの竹を私にくれた。そして、田の畦《あぜ》に背中を打ちつけるように倒れかかって、苦しそうな息をしながら女たちを待っていた。

私と栄吉とは絶えず五、六間先を歩いていた。

「それは、抜いて金歯を入れさえすればなんでもないわ。」と、踊子の声がふと私の耳にはいったので振り返ってみると、踊子は千代子と並んで歩き、おふくろと百合子とがそれに少し遅れていた。私の振り返ったのを気づかないらしく千代子が言った。

「それはそう。そう知らしてあげたらどう。」

私の噂《うわさ》らしい。千代子が私の歯並びの悪いことを言ったので、踊子が金歯を持ち出したのだろう。顔の話らしいが、それが苦にもならないし、聞き耳を立てる気にもならないほどに、私は親しい気持ちになっているのだった。暫く低い声が続いてから踊

25 篠竹　根笹《ねざさ》（イネ科）の仲間の総称。細くて、群がって生える竹。

子の言うのが聞こえた。

「いい人ね。」

「それはそう、いい人らしい。」

「ほんとにいい人ね。いい人はいいね。」

この物言いは単純で開けっ放しな響きを持っていた。感情の傾きをぽいと幼く投げ出してみせた声だった。私自身にも自分をいい人だと素直に感じることができた。晴れ晴れと目を上げて明るい山々を眺めた。瞼の裏が微かに痛んだ。二十歳《はたち》の私は自分の性質が孤児根性で歪《ゆが》んでいると厳しい反省を重ね、その息苦しい憂鬱に堪え切れないで伊豆の旅に出てきているのだった。だから、世間尋常の意味で自分がいい人に見えることは、言いようなくありがたいのだった。山々の明るいのは下田の海が近づいたからだった。私はさっきの竹の杖を振り回しながら秋草の頭を切った。

途中、ところどころの村の入り口に立札があった。

――物乞い旅芸人村に入るべからず。

六

甲州屋という木賃宿は下田の北口をはいるとすぐだった。私は芸人たちの後から屋根裏のような二階へ通った。天井がなく、街道に向かった窓際に座ると、屋根裏が頭につかえるのだった。

「肩は痛くないかい。」と、おふくろは踊子に幾度も駄目を押していた。

「手は痛くないかい。」

踊子は太鼓を打つ時の美しい手真似をしてみた。

「痛くない。打てるね、打てるね。」

「まあよかったね。」

私は太鼓を提げてみた。

「おや、重いんだな。」

「それはあなたの思っているより重いわ。あなたのカバンより重いわ。」と踊子が笑った。

芸人たちは同じ宿の人々と賑やかに挨拶を交わしていた。やはり芸人や香具師《やし》[26]のような連中ばかりだった。下田の港はこんな渡り鳥の巣であるらしかった。踊子はちょこちょこ部屋へはいってきた宿の子供に銅貨をやっていた。私が甲州屋を出ようとすると、踊子が玄関に先回りしていて下駄を揃《そろ》えてくれながら、

「活動につれていって下さいね。」と、またひとり言のように呟《つぶや》いた。

無頼漢のような男に途中まで道を案内してもらって、私と栄吉とは前町長が主人だという宿屋へ行った。湯にはいって、栄吉と一緒に新しい魚の昼飯を食った。

「これで明日の法事に花でも買って供えて下さい。」

そう言って僅《わず》かばかりの包み金を栄吉に持たせて帰した。私は明日の朝の船で東京に帰らなければならないのだった。旅費がもうなくなっているのだ。学校の都合があると言ったので芸人たちも強いて止めることはできなかった。

昼飯から三時間と経たないうちに夕飯をすませて、私は一人下田の北へ橋を渡った。下田富士[27]に攀《よ》じ登って港を眺めた。帰りに甲州屋へ寄ってみると、芸人たちは鳥鍋で飯を食っているところだった。

「一口でも召し上がって下さいませんか。女が箸を入れて汚いけれども、笑い話の種

になりますよ。」と、おふくろは行李から茶碗と箸を出して、百合子に洗ってこさせた。

明日が赤ん坊の四十九日だから、せめてもう一日だけ出立を延ばしてくれと、またしても皆が言ったが、私は学校を盾に取って承知しなかった。おふくろは繰り返し言った。

「それじゃ冬休みには皆で船まで迎えにいきますよ。日を知らせて下さいましね。お待ちしておりますよ。宿屋へなんぞいらしちゃ嫌ですよ、船まで迎えにいきますよ。」

部屋に千代子と百合子しかいなくなった時活動に誘うと、千代子は腹を押さえてみせて、

「体が悪いんですもの、あんなに歩くと弱ってしまって。」と、蒼い顔でぐったりしていた。百合子は硬くなってうつむいてしまった。踊子は階下で宿の子供と遊んでいた。私を見るとおふくろに縋《すが》りついて活動に行かせてくれとせがんでいたが、顔を失

26 香具師　縁日・祭りなど人出の多い所に露店を出し、興行や物販を業とする人。　27 下田富士　一岩山《いちがんざん》の別称。標高一九一メートル。

ったようにぼんやり私のところに戻って下駄を直してくれた。

「なんだって。一人で連れていってもらったらいいじゃないか。」と、栄吉が話し込んだけれども、おふくろが承知しないらしかった。なぜ一人ではいけないのか、私は実に不思議だった。玄関を出ようとすると踊子は犬の頭を撫でていた。私が言葉を掛けかねたほどによそよそしいふうだった。顔を上げて私を見る気力もなさそうだった。

私は一人で活動に行った。[28]女弁士が豆洋灯《ランプ》で説明を読んでいた。すぐに出て宿へ帰った。窓敷居に肘を突いて、いつまでも夜の町を眺めていた。暗い町だった。遠くから絶えず微かに太鼓の音が聞こえてくるような気がした。わけもなく涙がぽたぽた落ちた。

七

出立の朝、七時に飯を食っていると、栄吉が道から私を呼んだ。[29]黒紋付きの羽織を着込んでいる。私を送るための礼装らしい。女たちの姿が見えない。私は素早く寂しさを感じた。栄吉が部屋へ上がってきて言った。

「皆もお送りしたいのですが、昨夜遅く寝て起きられないので失礼させていただきました。冬はお待ちしているから是非と申しておりました。」

町は秋の朝風が冷たかった。栄吉は途中で敷島《しきしま》[30]四箱と柿とカオールという口中清涼剤とを買ってくれた。

「妹の名が薫ですから。」と、微かに笑いながら言った。

「船の中で蜜柑《みかん》はよくありませんが、柿は船酔いにいいくらいですから食べられます。」

「これを上げましょうか。」

私は鳥打ち帽を脱いで栄吉の頭にかぶせてやった。そしてカバンの中から学校の制帽を出して皺《しわ》を伸ばしながら、二人で笑った。

乗船場に近づくと、海際にうずくまっている踊子の姿が私の胸に飛び込んだ。傍に行くまで彼女はじっとしていた。黙って頭を下げた。昨夜のままの化粧が私をいっそ

---

28 **弁士**　無声映画の上映の際、画面の内容を語りで説明する人。29 **黒紋付き**　家紋をつけた、黒色の礼装用和服。30 **敷島**　紙巻きタバコの名称。

う感情的にした。眦の紅が怒っているかのような顔に幼い凜々しさを与えていた。栄吉が言った。

「外《ほか》の者も来るのか。」

踊子は頭を振った。

「皆まだ寝ているのか。」

踊子はうなずいた。

栄吉が船の切符と[31]はしけ券とを買いにいった間に、私はいろいろ話しかけてみたが、踊子は掘り割りが海に入るところをじっと見下ろしたまま一言も言わなかった。私の言葉が終わらない先終わらない先に、何度となくこくりこくりうなずいてみせるだけだった。

そこへ、

「お婆さん、この人がいいや。」と、[32]土方風の男が私に近づいてきた。

「学生さん、東京へ行きなさるだね。あんたを見込んで頼むだがね、この婆さんを東京へ連れてってくんねえか。可哀想《かわいそう》な婆さんだ。倅《せがれ》が蓮台寺《れんだいじ》の銀山に働いていたんだがね、今度の[33]流行性感冒てやつで倅も嫁も死んじまったんだ。こんな孫が三人も残っちまったんだ。どうにもしようがねえから、わしらが相談して国へ帰してやるところなんだ。国は水戸[34]だがね、婆さん何も分からねえんだから、霊岸島[35]へ着いたら、上野の駅へ行く電車に乗せてやってくんな。面倒だろうがな、わしらが手を合わして頼みてえ。まあこの有様を見てやってくれりゃ、可哀想だと思いなさるだろう。」

ぽかんと立っている婆さんの背には、乳飲み子がくくりつけてあった。下が三つ上が五つくらいの二人の女の子が左右の手に捉《つか》まっていた。汚い風呂敷包みから大きい握り飯と梅干しとが見えていた。五、六人の鉱夫が婆さんをいたわっていた。私は婆さんの世話を快く引き受けた。

「頼みましたぞ。」

「ありがてえ。わしらが水戸まで送らにゃならねえんだが、そうもできねえでな。」

なぞと鉱夫たちはそれぞれ私に挨拶した。

はしけはひどく揺れた。踊子はやはり唇をきっと閉じたまま一方を見つめていた。

31 はしけ　波止場と本船との間を往復して、旅客や貨物を運ぶ小舟。32 土方　土木工事に従事する人。33 流行性感冒　インフルエンザ・ウイルスによる急性感染症。急性肺炎を起こしやすい。34 水戸　茨城《いばらき》県水戸市。35 霊岸島　東京都中央区東部、隅田川河口右岸の旧町名。伊豆・東京間の定期船の船着き場があった。

私が縄梯子に捉《つか》まろうとして振り返った時、さよならを言おうとしたが、それも止して、もう一ぺんただうなずいてみせた。はしけが帰っていった。栄吉はさっき私がやったばかりの鳥打ち帽をしきりに振っていた。ずっと遠ざかってから踊子が白いものを振り始めた。

汽船が下田の海を出て伊豆半島の南端がうしろに消えていくまで、私は欄干に凭《もた》れて沖の大島を一心に眺めていた。踊子に別れたのは遠い昔であるような気持ちだった。婆さんはどうしたかと船室を覗いてみると、もう人々が車座に取り囲んで、いろいろと慰めているらしかった。私は安心して、その隣の船室にはいった。相模灘《さがみなだ》は波が高かった。座っていると、時々左右に倒れた。船員が小さい金だらいを配って回った。私はカバンを枕にして横たわった。頭が空っぽで時間というものを感じなかった。涙がぽろぽろカバンに流れた。頰が冷たいのでカバンを裏返しにしたほどだった。私の横に少年が寝ていた。河津の工場主の息子で入学準備に東京へ行くのだったから、一高の制帽をかぶっている私に好意を感じたらしかった。少し話してから彼は言った。

「何か御不幸でもおありになったのですか。」

「いいえ、今人に別れてきたんです。」

私は非常に素直に言った。泣いているのを見られても平気だった。私は何も考えていなかった。ただ清々《すがすが》しい満足の中に静かに眠っているようだった。

海はいつの間に暮れたのかも知らずにいたが、網代《あじろ》や熱海には灯があった。肌が寒く腹が空いた。少年が竹の皮包みを開いてくれた。私はそれが人のものであることを忘れたかのように海苔《のり》巻きのすしなぞを食った。そして少年の学生マントの中にもぐり込んだ。私はどんなに親切にされても、それを大変自然に受け入れられるような美しい空虚な気持ちだった。明日の朝早く婆さんを上野駅へ連れていって水戸まで切符を買ってやるのも、至極あたりまえのことだと思っていた。何もかもが一つに融《と》け合って感じられた。

船室の洋灯《ランプ》が消えてしまった。船に積んだ生魚と潮の匂いが強くなった。真っ暗ななかで少年の体温に温まりながら、私は涙を出まかせにしていた。頭が澄んだ水になってしまっていて、それがぽろぽろ零《こぼ》れ、その後には何も残らないような甘い快さだった。

禽《きん》獣《じゅう》

発表――一九三三（昭和八）年
高校国語教科書初出――一九五七（昭和三二）年

数研出版『日本現代文学選』
有朋堂『国文現代編』

小鳥の鳴き声に、彼の白日夢は破れた。

芝居の舞台で見る、重罪人を運ぶための唐丸籠《1とうまるかご》、あれの二、三倍も大きい鳥籠が、もう老朽のトラックに乗っていた。

葬《とむら》いの自動車の列の間へ、いつのまにか彼のタクシイは乗り入っていたらしい。うしろの自動車は、運転手の顔の前のガラスに「二十三」という番号札を貼り付けていた。道端を振り向くと、そこは「史蹟《しせき》太宰春台《2だざいしゆんだい》墓」との石標が表にある、禅寺の前であった。その寺の門にも貼り紙が出ていた。

「山門不幸《3》、津送《4しんそう》執行」

坂の途中であった。坂の下は交通巡査の立っている十字路であった。そこへ一時に

1　唐丸籠　もともとは、唐丸（ニワトリの一種）を入れて飼う円筒形の竹籠。江戸時代、罪人を護送するのに用いる駕籠《かご》をこう呼んだ。　2　太宰春台　江戸時代中期の儒学者。一六八〇—一七四七年。　3　山門不幸　その寺の住職が逝去したこと。　4　津送　僧侶の葬儀。

三十台ばかりの自動車が押し寄せたので、なかなか整理がつかず、放鳥の籠を眺めながら、彼はいらいらしてきた。花籠を大事そうに抱いて、彼の横にかしこまっている小女《こおんな》に、

「もう幾時かね。」

しかし、小さい女中が時計を持っているわけはなかった。運転手が代わりに、

「七時十分前、この時計は六、七分おくれてるんですが。」

初夏の夕方はまだ明るかった。花籠の薔薇《ばら》の匂いが強かった。禅寺の庭からなにか六月の木の花の悩ましい匂いが流れてきた。

「それじゃ間に合わん、急いでもらえないか。」

「でも今、右側を通すだけ通して、それからでないと。――日比谷《ひびや》公会堂はなんでございますか。」と、運転手は会の帰りの客でも拾おうと思ったのであろう。

「舞踊会だ。」

「はあ? ――あれだけの鳥を放すのには、どれくらいかかるもんでしょうかね。」

「いったい、途中で葬式に出会うなんて、縁起が悪いんだろう。」

翼の音が乱れて聞こえた。トラックの動き出したはずみに、鳥どもが騒ぎ立ったの

である。

「縁起がいいんですよ。これほどいいことはないって言うんですよ。」

運転手は自分の言葉の表情を自動車で表すかのように、右側へ滑り出ると、勢いよく葬式を追い抜きはじめた。

「おかしいね。逆なんだね。」と、彼は笑いながら、しかし、人間がそんなふうに考え習わすようになったのは、当然であると思った。

千花子の踊りを見にいくのに、そんなことを気にするのからして、今はもうおかしいはずであった。縁起が悪いと言えば、道で葬式に会うことよりも、彼の家に動物の死骸を置きっぱなしにしてあるほうが、縁起が悪いはずであった。

「帰ったらこんやこそ忘れんように、[6]菊戴《きくいただき》を捨ててくれ。まだ二階の押し入れにあのままだろう。」と、彼は吐き出すように小女に言った。

菊戴の番《つがい》が死んでから、もう一週間も経《た》つ。彼は死骸を籠から出

5　日比谷公会堂　東京都千代田区の日比谷公園の中にある多目的ホール。6　菊戴　スズメ目ヒタキ科の鳥。全長約一〇センチメートル、日本で最小の鳥の一つで、きわめて美しい。

菊戴

すのも面倒臭く、押し入れへほうりこんだままなのである。梯子《はしご》段《だん》を登って、突きあたりの押し入れである。客のあるたびに、その鳥籠の下の座布団を出し入れしながら、彼も女中も捨てることを怠っているほど、もう小鳥の死骸にもなれてしまったのである。

菊戴は、日雀《ひがら》[7]、小雀《こがら》[8]、みそさざい[9]、小瑠璃《こるり》[10]、柄長《えなが》[11]などとともに、最も小柄な飼鳥である。上部はオリーブ色、下部は淡黄灰色、首も灰色がかって、翼に二条の白帯があり、風《かざ》[12]切《き》りの外弁の縁が黄色である。頭の頂に一つの黄色い線を囲んだ、太い黒線がある。毛を膨らませた時に、その黄色い線がよく現れて、ちょうど黄菊の花弁を一ひら戴《いただ》いたように見える。雄はこの黄色が濃い橙《だいだい》色を帯びている。円い目におどけた愛敬《あいきょう》があり、喜ばしげに籠の天井を這《は》い回ったりする動作も溌剌《はつらつ》としていて、まことに可憐《かれん》ながら、高雅な気品がある。

　小鳥屋が持ってきたのは夜であったから、すぐ小暗い神棚に上げておいたが、ややあって見ると、小鳥はまことに美しい寝方をしていた。二羽の鳥は寄り添って、それぞれの首を相手の体の羽毛のなかに突っこみ合い、ちょうど一つの毛糸の鞠《まり》のように円くなっていた。一羽ずつを見分けることはできなかった。

　四十近い独身者の彼は、胸が幼ごころに温まるのを覚えて、食卓の上に突っ立ったまま、長いこと神棚を見つめていた。

人間でも幼い初恋人ならば、こんなきれいな感じに眠っているのが、どこかの国に一組くらいはいてくれるだろうかと思った。この寝姿をいっしょに見る相手がほしくなったが、女中を呼びはしなかった。

そして翌日からは、飯を食う時も鳥籠を食卓に置いて、菊戴を眺めながらであった。いったいに、彼は客に会うのにも、身辺から愛玩動物を放したことはなかった。相手の話はろくろく耳に入れないで、駒鳥[13]の雛《ひな》に手を振りながら指で餌《え》を与えて、手振り[14]駒の訓練に夢中であったり、膝の上の柴犬《しばいぬ》[15]の蚤《のみ》を根気よくつぶしたり、

「柴犬は運命論者じみたところがあって、僕は好きですよ。こうやって膝に載せても、部屋の隅に座らせても、半日くらいじっとしていることがありますね。」

そうして、客が立ち上がるまで、相手の顔を見ようともしないことが多かった。

7 **日雀** スズメ目シジュウカラ科の鳥。 8 **小雀** スズメ目シジュウカラ科の鳥。 9 **みそさざい** スズメ目ミソサザイ科の鳥。 10 **小瑠璃** スズメ目ヒタキ科の鳥。 11 **柄長** スズメ目エナガ科の鳥。 12 **風切り** 鳥の翼の後縁をなす、長く丈夫な羽。飛翔に用いられる。 13 **駒鳥** スズメ目ヒタキ科の鳥。 14 **手振り駒** コマドリの幼鳥を巣から捕獲して育て、さえずりを楽しむこと。手を近づけると羽根を振るので、こう呼ばれた。 15 **柴犬** 日本犬の一品種。小型で、毛色は褐色のものが多い。

夏などは、客間のテエブルの上のガラス鉢に、緋目高《ひめだか》[16]や鯉《こい》の子を放して、

「僕は年のせいか、男と会うのがだんだんいやになってきてね。男っていやなもんだね。すぐこっちが疲れる。飯を食うのも、旅行をするのも、相手はやっぱり女に限るね。」

「結婚したらいいじゃないか。」

「それもね、薄情そうに見える女のほうがいいんだから、だめだよ。こいつは薄情だなと思いながら、知らん顔でつきあってるのが、結局一番楽だね。女中もなるべく薄情そうなのを雇うことにしている。」

「そういうんだから、動物を飼うんだろう。」

「動物はなかなか薄情じゃない。――自分の傍《そば》にいつも、なにか生きて動いてるものがいてくれないと、寂しくてやりきれんからさ。」

そんなことをうわの空で言いながら、彼はガラス鉢のなかの色とりどりの鯉の子が、その遊泳につれて、鱗《うろこ》の光のいろいろに変わるのをつくづく見ながら、こんな狭い水中にも、微妙な光の世界があると、客のことなど忘れてしまっているのだった。

鳥屋はなにか新しい鳥が手に入ると、黙って彼のところへ持ってくる。彼の書斎の

鳥が三十種にもなることがある。

「鳥屋さん、またですか。」と、女中はいやがるが、

「いいじゃないか。これで四、五日、僕の機嫌がいいと思えば、こんな安いものありゃしない。」

「でも、旦那さまがあんまり真面目なお顔で、鳥ばかり見ていらっしゃいますと。」

「薄気味悪いかね。きちがいにでもなりそうかね。家のなかがしんと寂しくなるかね。」

しかし彼にしてみれば、新しい小鳥の来た二、三日は、まったく生活がみずみずしい思いに満たされるのであった。この天地のありがたさを感じるのであった。多分彼自身が悪いせいであろうが、人間からはなかなかそのようなものを受け取ることができない。貝殻や草花の美しさよりも、小鳥は生きて動くだけに、造化[17]の妙が早分かりであった。籠の鳥となっても、小さい者たちは生きる喜びをいっぱいに見せていた。

16 緋目高　メダカの飼育品種。突然変異によって色素構成が変化したもので、体色は淡紅色。17 造化の妙 「造化」は、創造主によってつくられたもの。自然。それが、人間には及びもつかない理の極みを備えていること。

小柄で活潑《かっぱつ》な菊戴夫妻は、ことにそうであった。

ところが一月《ひとつき》ばかりして、餌を入れる時に、一羽が籠を飛び出した。女中があわてて、物置きの上の楠《くすのき》へ逃がしてしまった。楠の葉には朝の霜があった。二羽の鳥は内と外とで、高い声を張りあげて呼び合っていた。彼はすぐ鳥籠を物置きの屋根に載せ、[18]黐竿《もちざお》を置いた。いよいよ切なげに鳴きしきりながら、しかし、逃げた鳥は正午頃に遠くへ飛び去ったらしかった。この菊戴は日光[19]の山から来たものであった。

残ったのは雌であった。あんなふうに寝ていたのにと、彼は小鳥屋へ雄をやかましく催促した。自分でも方々の小鳥屋を歩いたが、見つからなかった。やがて小鳥屋がまた一番《ひとつがい》、田舎から取り寄せてくれた。彼は雄だけほしいと言ったけれども、

「番でいたんですからね。片端《かたわ》にして店に置いてもしようがないし、雌のほうはただで差しあげときます。」

「だけど、三羽で仲よく暮らすかしら。」

「いいでしょう。四、五日籠を二つくっつけて並べとくと、お互いに慣れますからね。」

しかし、子供が新しいおもちゃをいじるような彼は、それが待てない。小鳥屋が帰

るとすぐ、新しい二羽を古い一羽の籠へ移してみた。思ったより以上の騒ぎであった。新しい二羽は止まり木に足もつかず、籠の端から端へばたばたと飛ぶ。古い菊戴は恐怖のあまり籠の底に立ちすくんでしまって、二羽の騒ぐのをおろおろ見上げている。二羽は危難に遭った夫婦のように、お互いを呼び交わす。三羽とも怯《おび》えた胸の鼓動が荒い。押し入れへ入れてみると、夫婦は鳴きながら身を寄せたが、離婚の雌は一羽離れて落ちつかない。

これではならぬと、籠を別にしたが、一方に夫婦を見ると、一方の雌が哀れになる。そこで、古い雌と新しい雄とを、一つの籠に入れてみた。新しい雄は離された女房と呼び合って、古い雌となじまなかったが、それでもいつのまにやら、身を寄せて眠った。あくる日の夕方は、籠を一つにしても、昨日ほどは騒がなかった。一羽の体に両方から頭を突っこみ、三羽で円くなって眠った。そして籠を枕もとに置いて、彼も眠った。

18 黐竿　小鳥や昆虫を捕らえるために、先端に鳥黐をつけた竹竿。「黐」は、粘着性の物質。19 日光　栃木県日光市。東照宮の門前町で、自然に恵まれた観光地。

けれども、次の朝目が覚めてみると、二羽が一つの温かい毛糸の鞠のように眠っている、その止まり木の下の籠の底に、一羽は半ば翼を開き、足を伸ばし、細目をあけて、死んでいた。それを二羽に見せてはならないかのように、彼は死骸をそっと拾い出すと、女中に黙って、芥箱《ごみばこ》に捨てた。無残な殺しようをしたと思った。

「どちらが死んだのかしら。」と、鳥籠をしげしげ見ていたが、予期とは逆に、生き残ったのは、どうやら古い雌であるらしかった。一昨日来た雌よりも、しばらく飼いなじんだ雌のほうに愛着がある。その彼の欲目が、そう思わせたのかもしれなかった。家族なく暮らしている彼は、自分のそんな欲目を憎んだ。

「愛情の差別をつけるくらいならば、なんで動物と暮らそうぞ。人間という結構なものがあるのに。」

菊戴はたいそう弱くて、落鳥しやすいとされている。しかしその後、彼の二羽は健やかであった。

密猟の百舌[20]《もず》の子供を手に入れたのを、先がけとして、山から来るいろんな雛鳥の差し餌のために、彼は外出もできなくなる季節が近づいた。洗濯盥《せんたくだらい》を縁側に出して、小鳥に水浴をさせていると、そのなかへ藤の花が散ってきた。

翼の水音を聞きながら、籠の糞《ふん》の掃除をしている時、塀の外に子供の騒ぎが聞こえ、なにか小さい動物の命を憂えるらしい話模様なので、彼のところのワイア・ヘエア・フォックス・テリア[21]の子供でも、中庭から迷い出たのではないかと、塀の上に伸び上がってみると、一羽の雲雀《ひばり》[22]の子であった。まだ足もよく立たぬのが、芥捨て場のなかを弱い翼で泳いでいる。育ててやろうと、彼はとっさに思って、

「どうしたの。」

「お向こうの家の人が……。」と、一人の小学生は、桐《きり》の毒々しく青い家を指して、

「捨てたんだよ。死んでしまうね。」

「うん、死んでしまう。」と、彼は冷淡に塀を離れた。

その家には、三、四羽も雲雀を飼っている。ゆくすえ鳴鳥[23]として見込みのない雛を捨てたのであろう。屑鳥《くずどり》など拾ってもしかたがないと、彼の仏心はたちまち消えた。

雛の間は雌雄の分からぬ小鳥がある。小鳥屋はとにかく山から一つの巣の雛をそっ

20 百舌　スズメ目モズ科の鳥。21 ワイア・ヘエア・フォックス・テリア　テリア犬種の小型の猟獣犬。キツネを追うことを目的とする。［英語］wire-haired fox terrier　22 雲雀　スズメ目ヒバリ科の鳥。さえずりながら、垂直に高く舞い上がる。23 鳴鳥　鳴き声を聞くための飼い鳥。

くり持って帰るが、雌と分かり次第に捨ててしまう。鳴かぬ雌は売れぬのだ。動物を愛するということも、やがてはそのすぐれたものを求めるようになるのは当然であって、一方にこういう冷酷が根を張るのを避けがたい。彼はどんな愛玩動物でも見ればほしくなる性質だが、そういう浮気心は結局薄情に等しいことを経験で知り、また自分の生活の気持ちの堕落が結果に来ると考えて、今ではもう、どんな名犬でも名鳥でも、他人の手で大人となったものは、たとい貰《もら》ってくれと頼まれたにしろ、飼おうとは思わぬのである。

だから人間はいやなんだと、孤独な彼は勝手な考えをする。夫婦となり、親子兄弟となれば、つまらん相手でも、そうたやすく絆《きずな》は断ち難く、あきらめて共に暮らさねばならない。おまけに人それぞれの我《が》というやつを持っている。

それよりも、動物の生命や生態をおもちゃにして、一つの理想の鋳型を目標と定め、人工的に、畸形《きけい》的に育てているほうが、悲しい純潔であり、神のような爽やかさがあると思うのだ。良種へ良種へと狂奔する、動物虐待的な愛護者たちを、彼はこの天地の、また人間の悲劇的な象徴として、冷笑を浴びせながら許している。

去年の十一月の夕暮れのこと、持病の腎臓病かなにかで、しなびた蜜柑《みかん》のようにな

った犬屋が、彼の家へ寄って、

「実は今、たいへんなことをいたしました。公園に入ってから引き綱を放したんですが、この霧で暗かったんで、ほんのちょっと見えなくなったと思うと、もう野良犬がかかってるんです。すぐ離して、畜生、腹を蹴って、蹴って足腰の立たないような目にあわしときましたから、まさかとは思うんですが、かえってこんなのは、皮肉なもんでさ、よくとまる[24]んでして。」

「だらしがない。商売人じゃないか。」

「へえ、恥ずかしくて、人に話もできやしません。畜生、あっという間に四、五百円損をさせやがって。」と、犬屋は黄色い唇を痙攣《けいれん》させていた。

あの精悍《せいかん》なドオベルマン[25]が、しみったれたふうに首をすくめ、怯えた目つきで腎臓病みをちらちら見上げていた。霧が流れてきた。

その雌犬は、彼の世話で売れるはずになっていたのだった。とにかく、買い手の家へ行って雑種を産んだりしては、彼の面目もつぶれるからと、彼が念を押したにかか

24 とまる　妊娠する。 25 ドオベルマン　大型犬。精悍で、毛は短く黒褐色。

わらず、犬屋は金に困ったとみえて、しばらくしてから、彼には犬を見せないで売ってしまった。はたして二、三日後に、買い手が彼のところへ犬を連れてきた。買った翌晩、死産したというのである。

「苦しそうな唸《うな》り声が聞こえるんで、女中が雨戸をあけてみると、縁の下で産んだ子供を食ってるんだそうです。恐ろしくてびっくりしてしまったし、まだ明け方だし、よくは分からないんですが、何匹産んだか、女中の見たのは、一番おしまいの子供を食ってるところらしいんです。すぐに獣医を呼ぶと、子供のいる犬を、犬屋が黙って売るはずがない、きっと野良犬かなにかがかかったんで、ひどく蹴るか殴るかしてよこしたんだろう。お産の様子が尋常じゃない。またもしかすると子供を食う癖の犬かもしれん。それなら返してこいって、家中で非常に憤慨してるんです。そんなことをされた犬が可哀想《かわいそう》だって。」

「どれ。」と、無造作に犬を抱き上げて、乳房をいじりながら、

「これは子供を育て上げたことのある乳ですよ。今度は死産だから食ったんですよ。」と、彼は犬屋の不徳義に腹を立て、犬を哀れみながらも、無神経な顔で言った。

彼の家でも、雑種の産まれたことはあったのである。

彼は旅に出ても、男の連れとは一部屋に眠れないくらいで、自分の家に男を泊めることをいやがり、書生も置かないが、そういう男の鬱陶しさを嫌う気持ちとはかかわりなく、しかし、犬も雌ばかりを飼っていた。雄はよほど優秀なものでないと、種雄として通用しない。買い入れに金がかかるし、[26]活動役者のような宣伝もせねばならず、したがって人気の盛衰があわただしい。輸入競争に巻きこまれるし、賭博じみる。彼はある犬屋へ行って、種雄として名高い[27]日本テリアを見せてもらったことがあった。二階の布団に一日中もぐりこんでいる。階下《した》へ抱いて下ろされさえすれば、もう習わしで、雌が来たものと思うらしい。熟練した娼婦《しょうふ》のようなものである。毛が短いから、異常に発達した器官があらわに見えて、さすがの彼も目をそむけ、無気味な思いをしたほどであった。

しかし、そんなことにこだわって雄を飼わないわけではなく、犬の出産と育児が、彼にはなによりも楽しいからであった。

26　活動役者　映画俳優。「活動」は「活動写真」の略で、明治・大正期における映画の呼称。　27　日本テリア　日本原産の小型犬。日本に輸入されたフォックス・テリアを親とする愛玩犬。

それは怪しげなボストン・テリア[28]だった。塀の下を掘るし、古い竹垣は食い破るし、交配期にはつないでおいたのだが、紐《ひも》を噛《か》み切って出歩いたらしいので、雑種の産まれることは分かっていた。でも女中に呼び起こされると、彼は医者のような目の覚まし方をして、

「鋏《はさみ》と脱脂綿を出してくれ。それから、酒樽《さかだる》の縄を大急ぎで切って。」

中庭の土は、初冬の朝日に染まったところだけが、淡い新しさであった。その日のなかに、犬は横たわり、腹から茄子《なす》のような袋が、頭を出しかかっていた。ほんの申し訳に尻尾を振り、訴えるように見上げられると、突然彼は道徳的な苛責《かしやく》に似たものを感じた。

この犬は今度が初潮で、体がまだ十分女にはなっていなかった。したがってその眼《まな》差《ざ》しは、分娩《ぶんべん》というものの実感が分からぬげに見えた。

「自分の体には今いったい、なにごとが起こっているのだろう。なんだか知らないが、困ったことのようだ。どうしたらいいのだろう。」と、少しきまり悪そうにはにかみながら、しかし大変あどけなく人まかせで、自分のしていることに、なんの責任も感じていないらしい。

だから彼は、十年も前の千花子を思い出したのであった。その頃、彼女は彼に自分を売る時に、ちょうどこの犬のような顔をしたものだ。

「こんな商売をしてると、だんだん感じなくなるって、ほんとう?」

「そういうこともないじゃないが、また君が好きだと思う人に会えばね。それに、二人や三人のきまった人なら、商売とは言えないさ。」

「私あなたはずいぶん好きなの。」

「それでももうだめか。」

「そんなことないわ。」

「そうなのかね。」

「お嫁入りする時、分かるわね。」

「分かるね。」

「どんなふうにしてればいいの。」

「君はどうだったんだ。」

28　ボストン・テリア　アメリカ原産の小型犬。ボストンで作出された犬種で、ブルドッグの血を引いている。

「あなたの奥さんは、どんなふうだったの。」

「さあ。」

「ねえ教えといてよ。」

「女房なんかないよ。」と、彼は不思議そうに、彼女の生真面目な顔を見つめたものだった。

「あれと似ているので、気が咎《とが》めたのだ。」と、彼は犬を抱き上げて、産箱に移してやった。

すぐに袋児《ふくろご》を産んだが、母犬は扱いを知らぬらしい。彼は鋏で袋を裂いて、臍《へそ》の緒を切った。次の袋は大きく、青く濁った水のなかに、二つの胎児が死の色に見えた。彼は手早く新聞紙に包んでしまった。続いて三頭産まれた。みな袋児であった。そして七番目の、これが最後の子供は、袋のなかでうごめきはしたが、しなびていた。彼はちょっと眺めてから、袋のままさっさと新聞紙にくるむと、

「どこかへ捨てといてくれ。西洋では、産まれた子供をまびく、出来の悪い子供は殺してしまう。そのほうが、いい犬を作ることになるんだが、人情家の日本人には、それができない。――親犬には、生卵でも飲ましといてくれ。」

そして手を洗うと、また寝床へもぐりこんでしまった。新しい命の誕生という、みずみずしい喜びが胸にあふれて、街を歩き回りたいようであった。一頭の子を自分が殺したことなどは忘れていた。

ところが、薄目を開く頃のある朝、子犬が一頭死んでいた。彼はつまみ出して懐に入れると、朝の散歩のついでに捨ててきた。二、三日後に、また一頭冷たくなっていた。母犬が寝場所を作るために、藁《わら》を掻《か》き回す。子犬がその藁に埋もれる。自分で藁を掻き分けて出るほどの力が、子犬にはまだない。母犬は子供を銜《くわ》え出してやらぬ。それどころか、子犬の下敷きになった藁の上へ自分が寝る。子犬は夜の間に、圧死したり、凍死したりする。子供を乳房で窒息させる、人間の愚かな母と同じである。

「また死んでるよ。」と、三頭目の死骸も無造作に懐へ入れながら、口笛吹いて犬どもを呼び集め、近くの公園へ行ったが、子供を殺したのも知らぬ顔に、嬉々《きき》と駆け回るボストン・テリアを見ると、ふいとまた千花子を思い出した。

千花子は十九の時、投機師に連れられて、ハルビン[29]へ行き、そこで三年ばかり、白

29 ハルビン　中国黒竜江省の省都。水陸交通の要地で、商業も盛んだった。

系ロシア人に舞踊を習った。男はすることなすことに躓《つまず》いて、生活力を失ってしまったらしく、満州[30]巡業の音楽団に千花子を加えて、ようやく二人で内地へ辿《たど》り着いたが、東京に落ちつくと間もなく、千花子は投機師を振り捨てて、満州から同行の伴奏弾きと結婚した。そして方々の舞台にも立ち、自分の舞踊会を催すようになった。

その頃、彼は楽壇関係者の一人に数えられてはいたが、音楽を理解するというよりも、ある音楽雑誌に月々金を出すに過ぎなかった。しかし、顔見知りと馬鹿《ばか》話をするために、音楽会へは通っていた。千花子の舞踊も見た。彼女の肉体の野蛮な退廃に惹《ひ》かれた。いったいどういう秘密が、彼女をこんな野生に甦《よみがえ》らせたのか、六、七年前の千花子と思いくらべて、彼は不思議でならなかった。なぜあの頃結婚しておかなかったのかとさえ思った。

しかし、第四回の舞踊会の時、彼女の肉体の力はげっそり鈍って見えた。彼は勢いこんで楽屋へ行くと、まだ踊り衣装のまま化粧を落としているところなのもかまわずに、彼女の袖を引っぱって、小暗い舞台裏へ連れ出した。

「そこを放してちょうだい。ちょっとなにかに触っても、お乳が痛いんですから。」

「だめじゃないか、なんて馬鹿なことをして。」

「だって、私は昔から子供が好きなんですもの。ほんとうに自分の子供がほしかったんですもの。」

「育てる気か。そんな女々しいことで、一芸に生きられるか。今から子持ちでどうする。もっと早くに気をつけろ。」

「だって、どうしようもなかったんですもの。」

「馬鹿なことを言え。女の芸人がいちいち真正直に、なにをしてたまるか。亭主はどういう考えだ。」

「喜んで可愛《かわい》がってますわ。」

「ふん。」

「昔あんなことしてた私にも、子供ができるって、うれしいわ。」

「踊りなんか止《よ》したらいいだろう。」

「いやよ。」と、思いがけなく激しい声なので、彼は黙ってしまった。

けれども、千花子は二度と出産をしなかった。産まれた子供も彼女の傍には見られ

30 満州　中国東北地方の旧称。満州事変（一九三一年）の翌年に、日本は満州国を作った。

なくなった。ところがそのためであるか、彼女の夫婦生活は次第に暗く荒《すさ》んでいくらしかった。そういう噂《うわさ》が彼の耳にも入った。

このボストン・テリアのように、千花子は子供に無心ではいられなかったのである。犬の子にしても、彼が助けようと思えば、助けられたのである。第一の死の後に、藁をもっと細かく刻んでやるか、藁の上に布を敷くかしてやれば、それで後の死は救えたのである。それは彼に分かっていた。しかし、最後に残った一頭も、やがて三人のきょうだいと同じ死に方をした。彼は子犬が死ねばいいと思ったわけではなかった。だが、生かさねばならないとも思わなかった。それほど冷淡であったのは、彼らが雑種だからであろう。

路傍の犬が彼についてくることはたびたびあった。彼は遠い道をそれらの犬と話しながら家に帰り、食物をやり、温かい寝床に泊めてやったものであった。犬には彼の心のやさしさが分かるのだと、ありがたかった。けれども、自分の犬を飼うようになってからは、道の雑犬など見向きもしなくなった。人間についても、またかくのごとくであろうと、彼は世のなかの家族たちをさげすみながら、自らの孤独も嘲るのである。

雲雀の子も同じだった。生かして育てようとの仏心はすぐ消えて、屑鳥など拾ってもしかたがないと、子供たちのなぶり殺しにまかせておいたのである。

ところが、この雲雀の子を見ていた、ほんのちょっとの時間に、彼の菊戴は水を浴び過ぎたのだった。

驚いて水籠を盥から出したが、二羽とも籠の底に倒れて、濡《ぬ》れたぼろのように動かなかった。掌《てのひら》に載せてみると、ひくひく足を動かしたので、

「ありがたい、まだ生きている。」と勇み立つと、もう目を閉じ、小さい体の底まで冷え切って、とうてい助かりそうにもないものを、手に握って長火鉢に焙《あぶ》りながら、つぎ足した炭を女中に煽《あお》がせた。羽毛から湯気が立った。小鳥が痙攣的に動いた。身を焼く熱さの驚きだけでも、死と戦う力となるかと思ったが、彼は自分の手が火気に堪えられないので、水籠の底に手拭いを敷き、その上に小鳥を載せて、火にかざした。手拭いが狐色《きつねいろ》に焦げるくらいだった。小鳥は時々弾《はじ》かれたように、ばたりばたりと翼を広げて転げはじめたものの、立つことはできず、また目を閉じた。羽毛がすっかり乾いた。しかし火から離すと、倒れたままで、生きそうには見えなかった。女中が雲雀を飼う家へ行って、小鳥が弱った時は、番茶を飲ませて、綿にくるんでやればいい

と聞いてきた。彼は脱脂綿に小鳥を包んだのを両手に持ち、番茶をさまさせて、嘴《くちばし》を入れてやった。小鳥は飲んだ。やがて擂《す》[31]り餌に近づけると、頭を伸ばして、啄《ついば》むようになった。

「ああ、生きかえった。」

なんというすがすがしい喜びであろう。気がついてみると、小鳥の命を助けるのに、もう四時間半もかかっていたのだった。

しかし、菊戴は二羽とも、止まり木に止まろうとして幾度となく落ちた。足の指が開かないらしい。捕らえて指で触ってみると、足の指は縮かんだまま硬《こわ》ばっている。細い枯れ枝のように折れそうだ。

「旦那さまがさっき、お焼きになったんじゃありませんか。」と、女中に言われてみると、いかにも足の色がかさかさに変わってしまっていて、しまったと思うだけに、なおさら腹が立って、

「僕の手の中に入れてたのに、手拭いの上だのに、鳥の足の焼けるわけがあるか。――明日も足が治らなかったら、どうすればいいか、鳥屋へ行って教わってこい。」

彼は書斎の扉《ドア》に鍵をかけて、閉じこもりながら、小鳥の両足を自分の口に入れて温

めてやった。舌ざわりは哀憐の涙を催すほどであった。やがて彼の掌の汗が翼を湿らせた。唾で潤って、小鳥の足指は少し柔らいだ。手荒にさわれば脆《もろ》く折れそうなのを、彼はまず指の一本を丹念に伸ばしてやり、自分の小指を握らせてみたりした。そしてまた足を口に銜えた。止まり木を外して、小皿に移した餌を籠の底へ置いたが、不自由な足で立って食うことは、まだ難儀であるらしかった。

「やっぱり旦那さんが足をお焦がしになったんじゃないでしょうかって、鳥屋さんも申しておりました。」と、あくる日女中は小鳥屋から帰って、

「お番茶で足を温めてやるとよろしいんですって。でもたいてい、鳥が自分で足をつついて治すもんだそうでございます。」

なるほど、小鳥はしきりと自分の足指を嘴で叩《たた》いたり、銜えて引っぱったりしていた。

「足よ、どうした。しっかりしろ。」と[32]啄木鳥《きつつき》のような勢いで、元気いっぱいに啄ん

---

31 擂り餌　小鳥の餌で、魚にぬか・草などを混ぜてすりつぶしたもの。日本独特の鳥用飼料で、和鳥に与えられる。

32 啄木鳥　キツツキ目キツツキ科の鳥。鋭いくちばしで幹の中に巣くう虫を食う。

でいた。不自由な足で敢然と立ち上がろうとした。体の一部分が悪いなんて、不思議千万だと言いたげな、小さい者の生命の明るさは、声をかけて励ましたいくらいであった。

番茶に浸してもやったが、やはり人間の口中のほうが利き目があるようだった。

この菊戴は二羽とも、あまり人間になれていず、これまでは握ると胸を激しく波立たせるくらいだったが、足を痛めた一日二日で、彼の掌にすっかりなじんだらしく、怯えるどころか、楽しそうに鳴きながら、抱かれたまま餌を食うように変わってしまった。それが一入《ひとしお》いじらしさを増した。

しかし、彼の看病もいっこうしるしがなく、怠けがちとなり、縮んだままの足指は糞にまみれ、六日目の朝、菊戴夫婦は仲よく死骸となっていた。

小鳥の死はまことにはかない。たいていは、朝の籠に思いがけない死骸を見るものである。

彼の家で初めて死んだのは、紅雀《べにすずめ》[33]であった。番《つがい》とも夜の間に鼠《ねずみ》に尾を抜かれて、籠に血が染まっていた。雄は翌日倒れた。ところが雌のほうは、次々と相手に迎えてやった雄が、なぜか皆死んでいくにかかわらず、猿のような赤むけの尻のまま、長いこと生きていた。しかしやがて、衰弱の果てに落鳥した。

「うちでは紅雀が育たんらしい。紅雀はもう止《や》めた。」

元来、紅雀みたいな少女好みの鳥は嫌いなのだった。西洋風な播《ま》き餌鳥[34]よりも、日本風な擂り餌鳥[35]の渋さを愛した。鳴鳥にしても、カナリヤ[36]とか、鶯《うぐいす》[37]とか、雲雀とか、鳴きの花やかなものは、気に入らなかった。だのに、紅雀などを飼ったのは、小鳥屋がくれていったからに過ぎなかった。一羽が死んだから、後を買ったというだけの話であった。

けれども、犬にしろ、たとえば一度コリイ[38]を飼うと、その種を家に絶やしたくないような気になるものだ。母に似た女にあこがれる。初恋人に似た女を愛する。死んだ妻に似た女と結婚したくなる。それと同じではないか。動物相手に暮らすのは、もっと自由な傲慢を寂しみたいためだと、彼は紅雀を飼うのを止した。

33 **紅雀**　スズメ目カエデチョウ科の鳥。スズメより少し小さい。34 **播き餌鳥**　播き餌（乾燥した穀物飼料）を主食とする食性の鳥。手乗りとなる鳥のほとんどは播き餌鳥。35 **擂り餌鳥**　擂り餌を主食とする食性の鳥。和鳥など、穀物も昆虫類も食べる雑食性。36 **カナリヤ**　スズメ目アトリ科の鳥。鳴き声が美しい。37 **鶯**　スズメ目ウグイス科の鳥。梅の咲き出す頃からホーホケキョと鳴く。38 **コリイ**　英国原産の代表的な牧羊犬。

紅雀の次に死んだ[39]黄《き》鶺鴒《せきれい》は、腰から後の緑黄色や腹の黄色や、ましてそのやさしく淡い姿形に、竹の疎林のような趣があり、ことによく慣れて、食の進まぬ時も、彼の指からならば、半開きの翼をうれしそうに震わせて愛らしく鳴きながら、喜んで食べ、彼の顔の黒子《ほくろ》も戯れに啄もうとするほどであったから、座敷に放しておいて、塩せんべいやなにかの屑を拾い食いし過ぎて死んだ後は、新しいのをほしいと思ったが、やはり思いあきらめて、これまで手がけたことのない[40]赤鬚《あかひげ》を、その空き籠に入れたのだった。

けれども菊戴の場合は、溺れさせたのも、足を痛めさせたのも、まったく彼の過失であったゆえか、かえって未練が断ちにくかった。すぐにまた小鳥屋が一番《ひとつがい》持ってきた。それをまたしても、何分小柄な鳥であるにしろ、今度は盥の傍を離れず見ていたのに、同じ水浴の結果を迎えたのである。

水籠を盥から出した時、ぶるぶる震えて目を閉じながらも、とにかく足で立っていただけ、前よりはよほどましだった。もう足を焦がさない注意もできる。

「またやっちゃった。火をおこしてくれ。」と、彼は落ちつき払って、恥ずかしそうに言うと、

「旦那さま、でも、死なせておやりになったらいかがでございます。」

彼はなんだか目が覚めたように驚いた。

「だって、この前のことを思えば、造作なく助かる。」

「助かったって、また長いことありませんよ。この前も、足があんなふうで、早く死んでしまえばいいのにと思っておりました。」

「助ければ助かるのに。」

「死なせたほうがよろしいですよ。」

「そうかなあ。」と、彼は急に気が遠くなるほど、肉体の衰えを感じると、黙って二階の書斎へ上がり、鳥籠を窓の日差しのなかに置いて、菊戴の死んでゆくのを、ただぼんやり眺めていた。

日光の力で助かるかもしれないとは、祈っていた。しかしなんだか妙に悲しくて、自らのみじめさをしらじらと見るようで、小鳥の命を助けるために、この前のように騒ぐことはできないのだった。

39 黄鶺鴒　スズメ目セキレイ科の鳥。長い尾が特徴。40 赤鬚　スズメ目ヒタキ科の鳥。コマドリによく似る。

いよいよ息が絶えると、小鳥の濡れた死骸を籠から出して、しばらく掌に載せていた。それからまた籠に戻して、押し入れへ突っこんでしまった。その足で階下へ下りたが、女中にはなにげなく、

「死んだよ。」と言っただけであった。

菊戴は小柄なだけに、弱くて落鳥しやすい。けれども、同じような柄長や、みそさざいや、日雀などは、彼の家で健やかなのである。それも二度まで水浴で殺すなんて、たとえば一羽の紅雀が死んだ家には、紅雀が生きにくくなるのであろうかなどと、彼は因縁じみたことを考えながら、

「菊戴とはもう縁切りだよ。」と、女中に笑ってみせ、茶の間に寝ころんで、犬の子供たちに頭の毛をぐいぐい引っぱらせて、そこに十六、七並んだ鳥籠のうちから、[41]木菟《みみずく》を選ぶと、書斎へ持って上がった。

木菟は彼の顔を見ると、円い目を怒らせ、すくめた首をしきりに回して、嘴を鳴らし、ふうふう吹いた。この木菟は彼が見ているところでは、決してなにも食わない。肉片を指に挟んで近づけると、憤然と嚙みつくが、いつまでも嘴にだらりと肉をぶら下げたまま、飲みこもうとはしない。彼は夜の明けるまで、意地っ張りの根くらべを

したこともあった。彼が傍にいれば、揺り餌を見向きもしない。体も動かさない。しかし夜が白みかかると、さすがに腹が空《す》く。止まり木を餌のほうへ横ずりに近づく足音が聞こえる。彼が振り向く。頭の毛をすぼめ、目を細め、これほど陰険で狡猾《こうかつ》な表情がまたとあろうかと思われるふうに、餌のほうへ首を伸ばしていた鳥は、はっと頭を上げて、彼を憎さげに吹いてから、素知らん顔をする。彼がよそ見をする。そのうちにまた木菟の足音が聞こえる。両方の目が合って、鳥はまた餌を離れる。それを繰り返すうちに、もう百舌が朝の喜びを、けたたましく歌う。

彼はこの木菟を憎むどころか、楽しい慰めとした。

「こういう女中がいないかと思って捜してるんだ。」

「ふん。君もなかなか謙譲なところがあるよ。」

「キキ、キキ。」と、傍の百舌を呼んだ。

彼はいやな顔をして、もう友人からそっぽを向き、

「キキキキキキキキ。」と、百舌はあたりの一切を吹き払うように、高々と答えた。

41 木菟　フクロウ目フクロウ科の鳥のうち、耳のような羽角《うかく》をもつ種の総称。

木菟と同じ猛禽《もうきん》だが、この百舌は差し餌の親しみが消えないで、甘ったれの小娘のように彼になついていた。彼が外出から帰る足音を聞いても、咳《せき》払いをしても、鳴き立てる。籠を出ていると、彼の肩や膝へ飛んできて、翼を喜びに震わせる。

彼は目覚まし時計の代わりにこの百舌を枕もとに置いている。朝が明るむと、彼が寝返りしても、手を動かしても、枕を直しても、唾を飲む音にさえ、

「チイチイチイチイ。」と甘えるし、やがてたけだけしく彼を呼び起こす声は、

「キキキキキ。」と答えるし、やがてたけだけしく彼を呼び起こす声は、まことに生活の朝をつんざく稲妻のように爽快である。彼と幾度か呼応して、彼がすっかり目覚めたとなると、いろんな鳥を真似《まね》て静かに囀《さえず》り出す。

「今日の日もかくてめでたい。」という思いを彼にさせる先がけが百舌で、やがてもろもろの小鳥の鳴き声が、それに続くのである。寝間着のまま擂り餌を指につけて出すと、空腹の百舌は激しく噛みつくけれども、それも愛情と受け取れる。

彼は一晩泊まりの旅行でも、動物どもの夢を見て夜中に目が覚めるから、家をあけるということはほとんどない。その癖が強まってか、人を訪ねたり、買い物に出たりするにも、一人だと途中でつまらなくなって帰ってきてしまう。女の連れのない時は、

しかたなく小さい女中といっしょに行ったりする。千花子の踊りを見にいくにしても、小女に花籠まで持たせてであれば、「止して帰ろう。」と、引き返すことができない。

その夜の舞踊会はある新聞社の催しで、十四、五人の女流舞踊家の競演のようなものであった。彼は千花子の舞台を二年振りくらいで見るのだったが、彼女の踊りの堕落に目をそむけた。野蛮な力の名残は、もう俗悪な媚態《びたい》に過ぎなかった。踊りの基礎の形も、彼女の肉体の張りとともに、もうすっかり崩れてしまっていた。

運転手にああ言われても、葬式には出会ったし、家には菊戴の死体があるし、縁起が悪かろうというのをいい口実にして、花籠は小女に楽屋へ届けさせたのだったが、彼女は是非会いたいとのこと、今の踊りを見ては、ゆっくり話すのもつらく、それならば休憩時間にまぎれてと、楽屋へ行ったが、その入り口で彼は立ちすくむより早く体を扉《ドア》に隠した。

千花子は若い男に化粧をさせているところだった。

静かに目を閉じ、こころもち上向いて首を伸ばし、自分を相手へ任せ切ったふうに、じっと動かない真っ白な顔は、まだ唇や眉や瞼《まぶた》が描いてないので、命のない人形のように見えた。まるで死顔のように見えた。

彼は十年近く前、千花子と心中しようとしたことがあったのだ。その頃、彼は死にたい死にたいと口癖にしていたほどだから、なにも死なねばならぬわけはなかったのだった。いつまでも独身で動物と暮らしている、そういう生活に浮かぶ泡沫《うたかた》の花に似た思いに過ぎなかった。だから、この世の希望は誰かがよそから持ってきてくれるというふうに、ぼんやり人まかせで、まだこれでは生きているとは言えないような千花子は、死の相手によいかとも感じられた。はたして千花子は、自分のしていることの意味を知らぬ例の顔つきで、たわいなくうなずくと、ただ一つの注文を出した。

「裾をばたばたさせるっていうから、足をしっかり縛ってね。」

彼は細紐で縛りながら彼女の足の美しさにいまさら驚いて、

「あいつもこんな綺麗《きれい》な女と死んだと言われるだろう。」などと思った。

彼女は彼に背を向けて寝ると、無心に目を閉じ、少し首を伸ばした。それから合掌した。彼は稲妻のように、虚無のありがたさに打たれた。

「ああ、死ぬんじゃない。」

彼はもちろん、殺す気も死ぬ気もなかった。千花子は本気であったか、戯れ心であったかは分からぬ。そのどちらでもないような顔をしていた。真夏の午後であった。

しかし彼はなにかひどく驚いて、それから後は自殺を夢にも思わず、また口にもしなくなった。たといどのようなことがあろうと、この女をありがたく思いつづけねばならないと、その時心の底に響いたのだった。

踊りの化粧を若い男にさせている千花子が、彼女のその昔の合掌の顔を、彼に思い出させたのである。さっきも、自動車に乗るとすぐ浮かんだ白日夢は、これであった。たとい夜でもあの千花子を思い出すたびに、真夏の白日の眩《まぶ》しさにつつまれているような錯覚を感じるのだった。

「それにしても、なぜ自分は咄嗟《とっさ》に扉《ドア》の陰へ隠れたのかしら。」と、呟《つぶや》きながら廊下を引き返してくると、親しげに挨拶した男があった。誰だかしばらく分からないでいるのに、その男はひどく興奮して、

「やっぱりいいですね。こうして大勢踊らせると、やっぱり千花子のいいのがはっきりしますね。」

「ああ。」と、彼は思い出した。千花子の亭主の伴奏弾きだった。

「この頃はどうです。」

「いや、一度御挨拶に上がろうと思って。実は去年の暮れにあいつと離婚したんですが、やっぱり千花子の踊りは抜群ですね。いいですなあ。」

彼は自分もなにか甘いものを見つけなければと、なぜだか胸苦しくあわてた。すると、一つの文句が浮かんできた。

ちょうど彼は、十六で死んだ少女の遺稿集を懐に持っていた。少年少女の文章を読むことが、この頃の彼はなにより楽しかった。十六の少女の母は、死顔を化粧してやったらしく、娘の死の日の日記の終わりに書いている、その文句は、

「生まれて初めて化粧したる顔、花嫁のごとし。」

日向《ひなた》

発表——一九二三（大正一二）年
高校国語教科書初出——一九八二（昭和五七）年

筑摩書房『高等学校用国語Ⅰ』

二十四の秋、私はある娘と海辺の宿で会った。恋の初めであった。

娘が突然、首をまっすぐにしたまま袂《たもと》を持ち上げて、顔を隠した。

また自分は悪い癖を出していたんだなと、私はそれを見て気がついた。照れてしまって苦しい顔をした。

「やっぱり顔を見るかね。」

「ええ。――でも、そんなでもありませんわ。」

娘の声が柔らかで、言うことがおかしかったので、私は少し助かった。

「悪いかね。」

「いいえ。いいにはいいんですけど――。いいですわ。」

娘は袂を下ろして私の視線を受けようとする軽い努力の現れた表情をした。私は目をそむけて海を見ていた。

私には、傍《そば》にいる人の顔をじろじろ見てたいていの者を参らせてしまう癖がある。

直そうと常々思っているが、身近の人の顔を見ないでいることは苦痛になってしまっている。そして、この癖を出している自分に気がつくたびに、私は激しい自己嫌悪を感じる。幼い時二親《ふたおや》や家を失って他家に厄介になっていた頃に、私は人の顔色ばかり読んでいたのでなかろうか、それでこうなったのではなかろうかと、思うからである。

ある時私は、この癖は私がひとの家に引き取られてからできたのか、その前自分の家にいた時分からあったのかと、懸命に考えたことがあったが、それを明らかにしてくれるような記憶は浮かんでこなかった。

――ところがその時、娘を見まいとして私が目をやっていた海の砂浜は秋の日光に染まった日向《ひなた》であった。この日向が、ふと、埋もれていた古い記憶を呼び出してきた。

二親が死んでから、私は祖父と二人きりで十年近く田舎の家に暮らしていた。祖父は盲目であった。祖父は何年も同じ部屋の同じ場所に長火鉢を前にして、東を向いて座っていた。そして時々首を振り動かしては、南を向いた。顔を北に向けることは決してなかった。ある時祖父のその癖に気がついてから、首を一方にだけ動かしていることが、ひどく私は気になった。たびたび長い間祖父の前に座って、一度北を向くことはなかろうかと、じっとその顔を見ていた。しかし祖父は五分間ごとに首が右にだけ動く電気人形のように、南ばかり向くので私は寂しくもあり、気味悪くもあった。南は日向だ。南だけが盲目にも微《かす》かに明るく感じられるのだと、私は思ってみた。

――忘れていたこの日向のことを今思い出したのだった。

北を向いてほしいと思いながら私は祖父の顔を見つめていたし、相手が盲目だから自然私のほうでその顔をしげしげ見ていることが多かったのだ。それが人の顔を見る癖になったのだと、この記憶で分かった。私の癖は自分の家にいた頃からあったのだ。この癖は私の卑しい心の名残ではない。そして、この癖を持つようになった私を、安心して自分で哀れんでやっていいのだ。こう思うことは、私に躍り上がりたい喜びだった。娘のために自分を綺麗《きれい》にしておきたい心いっぱいの時であるから、なおさらである。

娘がまた言った。

「慣れてるんですけど、少し恥ずかしいわ。」

その声は、相手の視線を自分の顔に戻してもいいという意味を含ませているように聞こえた。娘は悪い素振りを見せたと、さっきから思っていたらしかった。

明るい顔で、私は娘を見た。娘はちょっと赤くなってから、狡《ずる》そうな目をしてみせ

て、

「私の顔なんか、今に毎日毎晩で珍しくなくなるんですから、安心ね。」と幼いことを言った。

私は笑った。娘に親しみが急に加わったような気がした。娘と祖父の記憶とを連れて、砂浜の日向へ出てみたくなった。

バッタと鈴虫《すずむし》

発表――一九二四（大正一三）年
高校国語教科書初出――一九五九（昭和三四）年
教育図書『国語（改訂版）一 高等学校用総合』

大学の煉瓦《れんが》塀に沿うて歩き煉瓦塀を外れて高等学校[1]の前にさしかかると、白く立ち並んだ棒で囲われた校庭の黒い葉桜の下の仄暗《ほのぐら》い叢《くさむら》から虫の声が聞こえてくる。虫の声に少し足を緩め耳を傾け、さらに虫の声を惜しんで高等学校の庭から離れないため道を右に折れ、そして左に折れると、立ち棒の代わりにからたち[2]の植わった土手が始まる。左に折れた角で、はて！　と輝いた目を前へ投げて私は小走りに急いだ。

前方の土手の裾に、かわいらしい五色の提灯《ちょうちん》の灯《ひ》の一団が寂しい田舎の稲荷《いなり》[3]祭りのように揺れていたからである。近づかなくとも、子供たちが土手の叢の虫を捕っているのだと分かる。提灯の灯は二十ばかり。そして提灯の一つ一つが紅桃色藍《あい》緑紫黄などの灯をともしているばかりでなく、一つの灯が五色の光をともしているのである。

---

1 高等学校　旧制高等学校。　2 からたち　ミカン科の落葉低木。枝にはとげが多く、垣根などに用いる。　3 稲荷祭り　稲荷神社の祭り。稲荷神社は、穀物をつかさどる神を祭った。

店で買ったらしい小さい紅提灯もある。けれども多くは子供らが思案を凝らして自分の手で作ったかわいらしい四角な提灯である。この寂しい土手に二十人の子供が集まり美しい灯が揺れるまでには一つの童話がなければならない。

街の子供の一人がある夜この土手で鳴く虫を聞いた。次の夜は紅提灯を買って鳴く虫の居所を捜した。その次の夜は子供が二人になった。新しい子供は提灯が買えなかった。小さい紙箱の表と裏を切り抜いて紙を貼り底に蠟燭《ろうそく》を立て頭に紐《ひも》をつけた。子供が五人になり七人になった。紙箱を切り抜いて明かり取りに貼る紙を色どり絵を描《か》くことを覚えた。そして知恵のある小さい美術家たちは紙箱のところどころを円く三角に菱形《ひしがた》に木の葉形に切り抜き、小さい明かり窓を一つずつ違った色に彩り、さらに円や菱形や紅や緑をつかって一つの纏《まと》まった装飾模様とした。紅提灯を買った子供も店で買える趣のない提灯を捨て、自作の提灯を持つ子供も単純な意匠の提灯を捨て、昨夜携えた光の模様は翌日もう不満足で、昼は紙箱と紙と絵筆と鋏《はさみ》と小刀と糊《のり》を前に日々新しい提灯を一心に創り、我が提灯よ！　最も珍しく美しかれ！　と夜の虫取りに出かけるのであろう。そうして私の目の前の二十人の子供と美しい提灯とになったのではあるまいか。

私は目を見張って佇《たたず》んだ。四角な提灯は古代模様[4]風に切り抜かれ、花模様に切り抜かれているばかりでなく、たとえば「ヨシヒコ」とか「アヤ子」とか製作者の名が片仮名で刻み抜かれているのである。紅提灯に絵を描いたのと違って、厚紙の箱を切り抜いてそれに紙を貼ったのであるから、その模様だけが窓になって模様通りの色と形で蠟燭の光が漏れているのである。そうした二十の灯が叢に射し照らされて子供たちは悉《ことごと》く一心に虫の声を頼りに土手にしゃがんでいるのである。

「誰かバッタ[5]欲しい者いないか。バッタ！」と、一人だけほかの子供から四、五間[6]離れたところで草を覗《のぞ》いていた男の子が伸び上がると突然言った。

「おくれ！　おくれ！」

六、七人がすぐ駆け寄って虫を見つけた子供の背に重なるようにしながら叢を覗き込んだ。そして駆けつけた子供たちが差し出す手を払い退《の》け虫のいる叢を守るような姿で両手を広げて突っ立った男の子は右手の提灯を振ると、再び四、五間彼方《かなた》の子供

4 古代模様　古くからある模様。織物・染め物などの模様についていう。 5 バッタ　直翅《ちょくし》目バッタ科およびその近縁の昆虫の総称。頭部は大きく、触角が短い。 6 間　長さの単位。一間は、約一・八メートル。

たちに叫んだ。

「誰かバッタ欲しい者いないか。バッタ！」

「おくれ！　おくれ！」
四、五人走ってきた。まったくバッタでも貰いほどに虫は捕れないらしい。男の子は三度《みたび》呼んだ。
「バッタ欲しい者いないか。」
二、三人近寄った。
「ちょうだいな。ちょうだい。」

新しく近寄った女の子が虫を見つけた男の子のうしろで言った。男の子は軽く振り返ると素直に身を屈《かが》めて提灯を左に持ち代え右手を草の間に入れた。

「バッタだよ。」

「いいからちょうだい！」

男の子はすぐ立ち上がると握った拳《こぶし》を、それ！　というふうに女の子の前に突き出した。女の子は左の手に提げていた提灯の紐を手首に懸け両手で男の子の拳を包んだ。

男の子が静かに拳を開く。虫は女の子の親指と人差し指の間に移っている。

「あら！　鈴虫[7]だわ。バッタじゃなくってよ。」と、女の子は褐色の小さい虫を見て目を輝かせた。

「鈴虫だ！　鈴虫だ！」

子供たちは羨ましそうな声を合わせた。

「鈴虫よ。鈴虫よ。」

女の子は明るい知恵の目をちらと虫をくれた男の子に注いでから腰につるしている小さい虫籠《むしかご》を外してその中に虫を放した。

「鈴虫よ。」

「ああ、鈴虫だよ。」と、鈴虫を捕らえた男の子は呟《つぶや》き、虫籠を顔の真近に掲げて眺め入っている女の子に自分の五色の美しい提灯を掲げて明かりを与えてやりながらちらちらと女の子の顔を見た。

そうか！　と私は男の子がちょっと憎くなるとともに、初めてこの時男の子のさっ

7 鈴虫　直翅目スズムシ科の昆虫。中型で、暗い叢にすむ。雄は、秋、草の間などで羽をすり合わせて、りーんりーんと鳴く。

きからの所作が読めた我が愚かしさを嘆いたのである。さらに、あっ！　と私は驚いた。見たまえ！　女の子の胸を、これは虫をやった男の子も虫をもらった女の子も二人を眺めている子供たちも気がつかないことである。

けれども、女の子の胸の上に映っている緑色の微《かす》かな光は「不二夫《ふじお》」とはっきり読めるではないか。女の子が持ち上げた虫籠の横に掲げた男の子の提灯の明かり模様は、提灯が女の子の白い浴衣に真近なため「不二夫」と男の子の名を切り抜いたところへ緑の色を貼った形と色そのままに女の子の胸に映っているのである。女の子の提灯はと見ると、左の手首に懸けたままたらりと垂れているので「不二夫」ほど明らかではないが、男の子の腰のあたりに揺れている紅《あか》い光を読もうなら「キヨ子」と読める。この緑と紅の光の戯れを——戯れであろうか——不二夫もキヨ子も知らない。

そして、不二夫は鈴虫をやったことを、キヨ子は鈴虫をもらったことを、いつまでも覚えていようとも、不二夫は自分の名が緑の光でキヨ子の胸に書かれキヨ子の名が紅い光で自分の腰に書かれ、キヨ子は自分の胸に緑の光で不二夫の名が記され不二夫の腰に自分の名が紅い光で記されたことを、夢にも知らねば思い出しもできないであろう。

不二夫少年よ！　君が青年の日を迎えた時にも、女に「バッタだよ。」と言って鈴虫を与え女が「あら！」と喜ぶのを見て会心の笑みを漏らしたまえ。そしてまた「鈴虫だよ。」と言ってバッタを与え女が「あら！」と悲しむのを見て会心の笑みを漏らしたまえ。

さらにまた、君が一人ほかの子供と離れた叢で虫を捜していた知恵をもってしても、そうそう鈴虫はいるもんじゃない。君もまたバッタのような女を捕らえて鈴虫だと思い込んでいることになるのであろう。

そうして最後に、君の心が曇り傷ついたために真《まこと》の鈴虫までがバッタに見え、バッタのみが世に充《み》ち満ちているように思われる日が来るならば、その時こそは、今宵《こよい》君の美しい提灯の緑の灯が少女の胸に描いた光の戯れを、君自身思い出すすべを持っていないことを私は残念に思うであろう。

油《あぶら》

発表――一九二五（大正一四）年
高校国語教科書初出――一九七四（昭和四九）年
教育図書研究会『現代国語 二』

父は私の三歳の時死に、翌年母が死んだので、両親のことは何一つ覚えていない。母はその写真も残っていない。父は美しかったから写真が好きだったのかもしれないが、私が古里の家を売った時に土蔵の中で、いろんな年齢のを三、四十種も見つけた。そして中学[1]の寄宿舎にいた頃には一番美しく写った一枚を机の上に飾ったりしていたこともあったが、その後幾度も身の置きどころを変えるうちに、一枚残らず失ってしまった。写真を見たって何も思い出すことがないから、これが自分の父だと想像しても実感が伴わないのだ。父や母の話をいろんな人から聞かされても、親しい人の噂《うわさ》という気がやはりしないので、すぐ忘れてしまう。

ある年の正月、大阪《おおさか》の住吉《すみよし》[2]神社に詣《まい》って反橋《そりはし》[3]を渡ろうとすると、

1 中学　旧制中学校。男子に中等教育を行う学校の一つで、五年制。学校教育法施行（一九四七年）後は高等学校（新制）に移行した。 2 住吉神社　大阪市住吉区にある神社。海上の守護神。住吉大社。 3 反橋　中央が高く、弓状に曲線を描いている橋。

反橋

幼い時この反橋を渡ったことがあるような気持ちがおぼろげに甦《よみがえ》ってきたので、私は連れの従姉《いとこ》に言った。

「子供の時分にこの橋を渡ったことがないかしら。なんだかそんな気がする。」

「そうね。あるかもしれないわ。お父さんが生きていらした時には、すぐこの近くの浜寺[4]や堺《さかい》にいたことがあるのですもの、きっと連れてきてもらってよ。」

「いいえ。一人で渡った気がするんだ。」

「だって、そんなはずがないじゃないの。三つや四つの子供はあぶなくって、とてもこの反橋の上り下りはできやしない。お父さんやお母さんに抱っこされていたんでしょう。」

「そうかなあ。一人で渡った気がするんだが。」

「お父さんが亡くなった時は子供だったのね。家が賑《にぎ》やかになったのを、あんた喜んでいたわ。それでも棺《ひつぎ》に釘《くぎ》を打たれるのは嫌だったのか、どうしても釘を打たせようとしないので、みんなそりゃ困ったのよ。」

また、私が高等学校[5]に入学して東京に来ると、十何年ぶりで会った伯母が私の成人を驚いて言った。

「親はなくとも子は育つ。お父さんやお母さんが生きていたらどんなに喜ぶだろうね。お父さんやお母さんが死んだ時には、無理を言って困った。仏の前で叩《たた》く鉦《かね》の音を大変嫌がって、その音を聞くと泣きむずかるもんだから、鉦は叩かないことにしたんだよ。その上仏壇の灯明[6]を消せと言うんだもの。消すばかりでなしに、蠟燭《ろうそく》を折ってしまうし、かわらけ[7]の油を庭に流してしまうまで、癇《かん》を鎮《しず》めないんだからね。お父さんの葬式にはお母さんが泣いて怒っていた。」

従姉から聞いたような、父の葬式で家が賑やかになったのを私が喜んでいたことや、また、棺に釘を打たせまいとしたことも、ちっとも覚えていない。ところが、伯母の話にはこちらが忘れていた幼友だちに声を掛けられたような親しみを感じた。かわらけを持ち手を油で汚している幼い私の泣き面が浮かんできた。この話を聞くとすぐに古里の庭の木斛《もっこく》[8]の木が私の心に見えた。十六、七まで毎日私はその木に登り、幹の上へ猿のように座って本を読んでいたのだった。

4 浜寺 大阪府堺市西区浜寺。5 高等学校 旧制高等学校。6 灯明 神仏に供える灯火。7 かわらけ うわぐすりをかけない素焼きの陶器。8 木斛 ツバキ科の常緑高木。暖地の海岸近くの林に自生し、庭木としても用いる。

「油を零《こぼ》したのは、あの木斛と向かい合った座敷の縁側の手洗い鉢の横だった。」なぞということまで思い出した。しかし考えると、父母の死んだのは大阪の近くの[9]淀川《よどがわ》べりの家だ。今思い描くのは淀川から四、[10]五里北の山村の家の縁先だ。父母が死ぬと間もなく淀川べりの家を壊して古里へ帰ったので、川べりの家のことは少しも覚えていないから、油を零したのも山の家らしく思われるのだろう。それから、場所も手洗い鉢の横とは限らないし、かわらけは私の手にあるよりも母や祖母が持っているほうが自然である。また、父の時と母の時との二度が一度として、あるいは同じことの繰り返しとしてしか思い浮かべられない。細かいことは伯母も忘れている。私が記憶と思うものは多分空想なのだろう。しかし私の感情はかえってこの怪しいなり曲がったなりを真実として懐かしみ、人聞きなのを忘れて自分の直接の記憶であるかのような親しみを感じている。

――この話は生命あるかのように不思議な働きを私の上に加えた。

父母の死の三、四年後に祖母が死んだ時とか、またその三、四年後に姉が死んだ時とか、そのほか、折々私を仏壇に礼拝させるたびごとに、祖父は必ず灯心の灯を蠟燭につけ変える習慣だった。このことは伯母の話を耳にするまで、なぜ祖父がそうするのかとも訝《いぶか》らずに、ただその事柄として頭に残っていた。私は何も生来鉦の音とか油の灯とかが嫌いだったのではあるまい。祖母や姉の葬式の時分には、父や母の葬式に油を捨てさせたことを忘れて、灯心の灯明でも平気でいたかもしれない。しかし、祖父は油の灯明を私に礼拝させはしなかった。そして伯母の話を聞いて初めて私は、このことのうちに含まれた祖父の悲しみを知ることができたのだった。――おかしいことには伯母の話によると私は父母の葬式に蠟燭を折り油を庭に流したのに、祖父は明かりを蠟燭に移している。私も油を流したのはぼんやりと思い浮かぶが、蠟燭を折ったのはちっとも覚えていない。蠟燭のほうは多分伯母が記憶の誤りか話の調子で誇張したのだろう。また祖父は仏前の油の灯こそ私に見せなかったが、私が中学に入る頃まで二人は油の灯で暮らしていたのだった。祖父は自分が半盲で明るくても暗くても大した変わりがないために、古風の[11]行灯《あんどん》を石油ランプ代わりに使っていたのだ。

私は虚弱な父の体質を受けた上に月足らずで生まれたので、生育

9 淀川 琵琶《びわ》湖の南端から発し、京都・大阪を流れて大阪湾に注ぐ川。10 里 距離の単位。一里は、約四キロメートル。11 行灯 木や竹の枠に紙を貼り、中に油皿を据えて火をともす照明具。

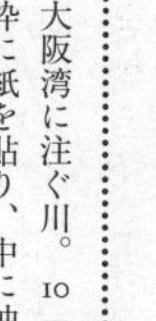
行灯

の見込みがないように見えた。小学に通う頃まで米の飯を食べないような有様だった。嫌いな食物が多い中でも、菜種油の臭いのするものを口に入れると、きまって吐いた。小さい時鶏卵の焼いたのは[12]落とし焼きでも[13]巻き焼きでも非常に好きだったが、焼く時鍋《なべ》に菜種油を引くことを思うと、焼けてから臭いがしなくても嫌だった。鍋についていた表面をきっと祖母か女中かに剝《む》かせてから食べた。食の進まない私のために、この面倒は毎日繰り返されていた。またある時、行灯の油が一滴沁《し》みた着物をなんと言われても二度と着ようとせず、そこを切り抜きつぎを当てさせてから、やっと気味悪そうに手を通したことがあった。今日まで私は油臭いのに敏感だった。単純に油の臭いが嫌いのつもりでいた。しかし伯母の話を聞いて初めて私は、このことのうちに含まれた私の悲しみを知ることができたのだった。仏前の油の灯を嫌がった私に父母の死は油の臭いとして沁み込んでいたのかもしれないのだ。また油嫌いの我が儘《まま》を許してくれた祖父母の気持ちも、伯母の話から初めて想像できたというものだ。

　これらのことを伯母の話ではたと思い当たった時に、ふとある夢が記憶の底から這《は》い上がってきた。子供の頃山の神社の祭りに見た[14]御百灯のように灯が一つ一ついた土のかわらけがたくさん並んで虚空にぶら下がっている。[15]撃剣の先生——実は悪党が私をその灯の前へ連れていって言う。

「竹刀でこのかわらけを真っ二つに破ることができたら十分腕が達者だから、剣道の極意を授けてやる。」

太い竹刀で素焼きの皿を打ち下すのだから、こなごなに壊れてなかなか真っ二つにはならない。脇目もせず皆叩き壊してしまって、はっと我に返った時には、灯が一つ残らず消え、あたりが暗闇となっている。と、剣術者がたちまち悪党の本性を現し、私が逃げる。目が覚める。

私はこれに似た夢をたびたび見ることがあった。この夢も伯母の話から考えてみれば、幼い時父母を失った痛手が、私の内に潜んでいて、その痛手に対してやはり私の内の何ものかが戦っている気持ちの現れだったのだ。

連絡もなく記憶していたことが、伯母の話を聞くと同時に、こんなふうに一点に馳《は》せ集まって、お互いに挨拶を交わし共通な身元を親しげに語り合うのを感じると、私

12 落とし焼き　油をひいたフライパンに、卵などの材料を流し落として焼く料理。13 巻き焼き　溶き卵を巻くように焼き固める料理。だし巻き卵など。14 御百灯　社寺で神仏に奉納する数百個の灯明。15 撃剣　刀剣・木刀・竹刀で相手を攻め、身を守る術。剣術。大正時代以降は、剣道と呼ばれるようになった。

は自然に心が生き生きと明るんできた。——幼い時肉親たちに死に別れたことが私に与えた影響について改めて考えてみたい心持ちになった。

私も少年時代には、父の写真を机の上に飾っていたように、「孤児の悲哀」を甘い涙で悲しみ、それを訴える手紙を男や女の友だちに書いた。

しかし間もなく、孤児の悲哀が何物だか少しも分かっていない、というよりも、分かるはずがないのだと省みるようになった。両親が生きていたらこうだが、死んだからこうだったのだと、この二つのことがはっきり分かってこそ孤児の悲しみだが、事実死んでいるのだから、生きていたらどうだったかは神だけが知っているのだ。もし生きていたらさらに不幸なことがなかったとも限らないではないか。それなら顔も知らない父母の死のために流す甘い涙は幼稚な感傷の遊戯なのだ。しかし痛手にはちがいない。この痛手は自分が年を取って一生を振り返った時に初めてはっきりするだろう。その時までは、感情の因習や物語の模倣で悲しむものかと思った。

そして私の心は張りつめていた。

しかし、そうした意気張りがかえって私をいびつなものにしていることを、高等学校の寄宿寮で私の生活が自由にのびのびとしてきた頃から気づき始めた。そうした心が私の心の傷や弱身を意固地にかばうほうにばかり働いていたのだ。悲しむべきを素直に悲しみ、寂しむべきを素直に寂しみ、その素直さを通してその悲しみや寂しみを癒すことの邪魔をしていたのだ。前々から私は、明らかに幼い時から肉親の愛を受けないことに原因している恥ずべき心や行を認めて人生が真っ暗になることがたびたびある。そんな場合、「ええい。」と投げ出したくなる心持ちを殺し、静かに自分を哀れむように傾いてきた。劇場や公園やいろんな場所で幸福な家庭の親兄姉《きょうだい》に連れられた子供とか、子供らしい子供同士でいるのとかに、何気なく見とれ、見とれている自分を見出《みいだ》してほろりとし、ほろりとする自分を見出して、「馬鹿《ばか》。」と叱ることがあった。しかし、その叱る自分がいけないのだと思うようになった。

父の三、四十枚の写真をいつとなくすっかりなくしてしまったように、死んだ肉親なぞにはこだわらなくなればいいのだ。孤児根性が自分にあるなぞと反省しなければいいのだ。

「まことに美しい魂を自分は持っている。」

ひそかに抱いているこの気持ちを余計な反省の陰にいじけさせずに、野方図に青空へ解放してやればいいのだ。こんなふうな気持ちで二十歳の私は人生の明るい広場へ出てきた。幸福に近づきつつあるような気がしてきた。ちょっとした幸福にも我ながら呆《あき》れるほど有頂天になるようになってきた。私は自分に問うのだ。

「これでいいのか。」

「幼少年時代を幼少年らしく過ごさなかったのだから、今は子供のように喜んでよろしい。」

こう答えて自分を見逃してやるのだ。やがて来る素晴らしい幸福一つで、私は孤児根性からすっかり洗われそうにさえ思える。永い病院生活を逃れた予後の人が初めて目にする緑の野のように、その時は人生が見えるだろうと待ち遠しい。

こんなふうに気持ちが移ってきた私には、伯母からの話を聞き、あれらのことを思い当たった瞬間が生きていた。父母の死で受けた痛みの一つから忽然《こつぜん》助かったなと直覚したからだ。ためしに、菜種油臭いものを食べてみようと思い立った。そして不思議に食べられるようになった。種油を買ってきて指先につけ、なめてみたりした。臭いも敏感に鼻に来るが気にならなくなった。

「この調子。この調子。」と私は叫ぶ。

この変化もいろんなふうに考えられる。父母の死とはなんの関係もなく生来油が嫌いだったのに、助かったなと喜ぶ心が打ち勝って、なんでもなくなったとも言える。しかし、父母の死を悲しむ心がふと仏前の灯明に宿り、その油を庭に捨てたことから油を憎むようになり、その因果関係を忘れながらも油を嫌っていたのが、父母の話で偶然原因と結果とが結びついたためだと、無理にも言いたい。

「油からだけは助かりましたよ。」と、痛手の一つを実に明らかに癒した証拠として信じたいのだ。

幼い時肉親たちに死別したことが私に与えた影響は、私が人の夫となり人の親となり、肉親たちに取り囲まれるまで消えるはずがないとも考える。不断の浄心も大切だ。しかし、この油のようにひょいとした機会で、私の心のいびつから助かることも、第二第三と続かないとも限らないだろうと望んでいる。

人並みの健康になり、長生きし、魂を高く発展させて、自分一生の仕事を果たしたい希望がますます強く働いている。油のことで浮き浮きした拍子に、身体のため肝油[16]を飲んでやろうと微笑《ほほえ》み、この油臭いものが毎日咽《のど》を通るようになった。しかも飲む

16　肝油　タラ・サメなどの新鮮な肝臓からとった、黄色の脂肪油。ビタミンA・Dに富む。

たびに、亡き肉親たちの冥護《みょうご》が私の身に加わっているような気さえする。

祖父も死んでから十年近くなる。

「明るくなりましたね。」

こう言って、肉親たちの仏前に油の御百灯を花々と献じてやりたいものだ。

雨傘《あまがさ》

発表——一九三二（昭和七）年
高校国語教科書初出——一九九二（平成四）年

三省堂『明解国語Ⅱ 改訂版』
第一学習社『高等学校 新編国語Ⅱ』

濡《ぬ》れはしないが、なんとはなしに肌の湿る、霧のような春雨だった。表に駆け出した少女は、少年の傘を見てはじめて、

「あら。雨なのね?」

少年は雨のためよりも、少女の座っている店先を通る恥ずかしさを隠すために、開いた雨傘だった。

しかし、少年は黙って少女の体に傘をさしかけてやった。少女は片一方の肩だけを傘に入れた。少年は濡れながらおはいりと、少女に身を寄せることができなかった。少女は自分も片手を傘の柄に持ち添えたいと思いながら、しかも傘のなかから逃げ出しそうにばかりしていた。

二人は写真屋へ入った。少年の父の官吏が遠く転任する。別れの写真だった。

「どうぞお二人でここへお並びになって。」と、写真屋は長椅子を指したが、少年は少女と並んで座ることができなかった。少年は少女のうしろに立って、二人の体がど

こかで結ばれていると思いたいために、椅子を握った指を軽く少女の羽織に触れさせた。少女の体に触れた初めだった。その指に伝わるほのかな体温で、少年は少女を裸で抱きしめたような温かさを感じた。

一生この写真を見るたびに、彼女の体温を思いだすだろう。

「もう一枚いかがでしょう。お二人でお並びになったところを、上半身を大きく。」

少年はただうなずいて、

「髪は?」と、少女に小声で言った。少女はひょいと少年を見上げて頬を染めると、明るい喜びに目を輝かせて、子供のように、素直に、ばたばたと化粧室へ走っていった。

少女は店先を通る少年を見ると、髪を直す暇もなく飛び出してきたのだった。海水帽を脱いだばかりのように乱れた髪が、少女は絶えず気になっていた。しかし、男の前では恥ずかしくて、後れ毛を掻《か》き上げる化粧の真似《まね》もできない少女だった。少年はまた髪を直せということは少女を辱めると思っていたのだった。

化粧室へ行く少女の明るさは、少年をも明るくした。その明るさの後で、二人はあたりまえのことのように、身を寄せて長椅子に座った。

写真屋を出ようとして、少年は雨傘を捜した。ふと見ると、先に出た少女がその傘を持って、表に立っていた。少年に見られてはじめて、少女は自分が少年の傘を持って出たことに気がついた。少女は驚いた。なにごころないしぐさのうちに、彼女が彼のものだと感じていることを現したではないか。

少年は傘を持とうと言えなかった。少女は傘を少年に手渡すことができなかった。けれども写真屋へ来る道とはちがって、二人は急に大人になり、夫婦のような気持で帰っていくのだった。傘についてのただこれだけのことで――。

末期《まつご》の眼《め》

発表——一九三三（昭和八）年
高校国語教科書初出——一九六五（昭和四〇）年

清水書院『高等学校現代国語 三』

竹久夢二《たけひさゆめじ》[1]氏は榛名《はるな》[2]湖畔に別荘を建てるため、その夏やはり伊香保《いかほ》[3]温泉に来ていた。つい先だっても、古賀春江《こがはるえ》[4]氏の初七日の夜、今日の婦女子に人気ある挿し絵画家の品定めから、いつしか思い出話となり、夢二氏をなつかしむ言葉は熱を帯びたが、その席の画家の一人栗原信《くりはらしん》[5]氏も言ったように、明治から大正のはじめへかけての風俗画家——でなければ情調画家としては、とにかくえらいものなのであろう。少女ばかりでなく、少青年からさらに年輩の男の心をも染め、一世を風靡《ふうび》した点、この頃の挿し絵画家は、遠く及ばぬであろう。夢二氏の描く絵も夢二氏とともに年移ってきていたにはちがいないが、少年の日の夢としか夢二氏を結びつけていない私は、老いた夢二氏

1 竹久夢二　画家、詩人。一八八四—一九三四年。大きな瞳に愁いをたたえた夢二式美人は一世を風靡《ふうび》し、多数の挿し絵や詩画集に描かれた。このとき、逝去の一年前で、四九歳。 2 榛名湖　群馬県中部、榛名山のカルデラ内にある火口原湖。 3 伊香保温泉　群馬県渋川市の榛名山中腹にある古くからの温泉。 4 古賀春江　洋画家。一八九五—一九三三年。キュビスムから出発し、クレーふうの詩的幻想画を経て、晩年はシュールレアリスムの傾向を強めた。 5 栗原信　洋画家。一八九四—一九六六年。

を想像しにくかっただけに、伊香保で初めて会う夢二氏は、思いがけない姿であった。

もともと夢二氏は退廃の画家であるとはいえ、その退廃が心身の老いを早めた姿は、見る目をいたましめる。退廃は神に通じる逆道のようであるけれども、実はむしろ早道である。もし私が退廃早老の大芸術家を、目のあたり見たとすれば、もっとひたむきにつらかったであろう。こんなのは小説家に少なく、日本の作家にはほとんどあるまい。夢二氏の場合はずっと甘く、夢二氏の歩いてきた絵の道が本筋でなかったことを、今夢二氏は身をもって語っているといったふうの、まわりくどい印象であった。芸術家としては取り返しのつかぬ不幸であろうが、人間としてはあるいは幸福であったろう。これはもちろん嘘《うそ》である。こんな曖昧な言葉のゆるさるべきではないが、この辺で妥協しておくところにも、今の私はもの忘れよと吹く南風を感じるのである。人間は生よりもかえって死について知っているような気がするから、生きていられるのである。「女によって人間性と和解」しようとしたから、ストリンドベルヒ[6]の恋愛悲劇は起こったのである。あらゆる夫婦たちに離婚をすすめることがよくないならば、自分自身にさえまことの芸術家たれと望めないのも、かえって良心的ではあるまいか。

私たちの周囲でも、広津柳浪《ひろつりゅうろう》[7]、国木《くにき》田《だ》独歩《どっぽ》[8]、徳田秋声《とくだしゅうせい》[9]氏などの子は、やはり小説家とはいえ、わが子を作家としたい作家があろうとは思えぬ。芸術家は一代にして生まれるものでないと、私は考えている。父祖の血が幾代かを経て、一輪咲いた花である。例外も少しあろうが、現代日本作家だけを調べても、その多くは旧家の出である。婦人雑誌の旅行読み物、人気女優の身の上話や出世物語を読むと、だれもかれも、父か祖父の代に傾いた名家の娘というがおきまりで、根からの卑賤《ひせん》に身を起こした娘など一人もおらず、よくもこう似たのが揃《そろ》ったとあきれるが、映画会社のおもちゃの人形みたいな女優も芸だとすれば、あながち虚栄と宣伝のためのつくり話ばかりではないのだろう。旧家の代々の芸術的教養が伝わって、作家を生むとも考えられるが、また一方、旧家などの血はたいてい病み弱まっているものだから、残燭《ざんしょく》の焔《ほのお》のように、滅びようとする血がいまわの果てに燃え上がったのが、作家とも見られる。すでに悲劇である。作家の後裔《こうえい》が逞《たくま》しく繁茂するとは思えぬ。実例はきっと、諸君の想像以上に

6　ストリンドベルヒ　スウェーデンの劇作家、小説家。一八四九―一九一二年。一八七七年に、軍人貴族の元妻シリ・フォン・エッセンと結婚。ストリンドベリ。7　広津柳浪　明治から大正時代の小説家。一八六一―一九二八年。広津和郎《かずお》（一八九一―一九六八年）は、子で小説家。8　国木田独歩　明治時代の小説家、詩人。一八七一―一九〇八年。国木田虎雄《とらお》（一九〇二―七〇年）は、子で詩人。9　徳田秋声　明治から昭和時代前期の小説家。一八七一―一九四三年。徳田一穂《かずほ》（一九〇四―八一年）は、子で小説家。

雄弁であろう。

されば、正岡子規《まさおかしき》[10]のように死の病苦に喘《あえ》ぎながらなお激しく芸術に戦うのは、すぐれた芸術家にありがちのことではあるが、私は学ぼうとはさらさら思わぬ。私が死病の床につけば、文学などさらりと忘れていたい。忘れられぬならば、いまだ至らずとして、妄念を払うように祈りたい。今の世によるべなく、索漠としたその日暮らしをする一人として、私も折にふれ死を嗅ぐぐらい不思議はないが、省みると、作品らしい作品を書いておらず、いつか書きたいものが頭に競い立ってきて死んでも死にきれそうもないものの、しかし心機一転すれば、それがすなわち迷いである、取るに足るものをなにも遺していぬほうが、かえって安楽往生のさまたげにならぬだろうとも思うのである。私が自殺をいとう原因の一つは、死を考えて死ぬという点にある。と書いたところで、嘘にちがいない。私は死と顔つき合わせてみたことなど、決してありはしない。いざとなれば、息の引き取るまで、原稿を書くかのように虚空に手を震わせているやもしれぬ。けれども芥川龍之介[11]氏の死んだ時、芥川氏ともあろうほどの人が、そして「僕はこの二年ばかりの間は死ぬことばかり考えつづけ」ながら、なぜ「ある旧友へ送る手記」[12]のような遺書を書いたかと、やや心外であった。あの遺書は芥川氏の死の汚点だとさえ思った。

ところで、今この文を綴《つづ》りながら、「ある旧友へ送る手記」を読みはじめると、いきなり、なんのことはない、芥川氏は自分が凡人であることを語ろうとしているのだという気がした。はたして芥川氏自らも附記している。

「僕はエムペドクレス[13]の伝を読み、みずから神としたい欲望のいかに古いものかを感じた。僕の手記は意識している限り、みずから神としないものである。いや、みずから大凡下の一人としているものである。君はあの菩提樹《ぼだいじゅ》の下に『エトナのエムペドクレス』を論じ合った二十年前を覚えているであろう。僕はあの時代にはみずから神にしたい一人だった。」

しかし、その前の本文の終わりは、

---

10 正岡子規　明治時代の俳人、歌人。一八六七―一九〇二年。カリエスによる長い病床生活を送ったが、俳句・短歌に近代文学としての位置を確立した。　11 芥川龍之介　小説家。一八九二―一九二七年。自宅で睡眠薬を多量に飲んで自殺した。　12 「ある旧友へ送る手記」　一九二七年七月、小説家・劇作家で友人の久米《くめ》正雄《まさお》（一八九一―一九五二年）に宛てたとされる遺書。自殺の手段や場所について具体的に書かれている。　13 エムペドクレス　古代ギリシアの哲学者。前四九三頃―前四三三年頃。ディオゲネス・ラエルティオス（三世紀前半頃）の書いた伝記では、神として崇《あが》められるため、火山エトナの火口に身を投げて死んだ、という話が伝えられている。

「いわゆる生活力というものは実は動物力の異名に過ぎない。僕もまた人間獣の一匹である。しかし食色にも倦《あ》いたところを見ると、次第に動物力を失っているであろう。僕の今住んでいるのは氷のように透み渡った、病的な神経の世界である。僕はゆうべある売笑婦といっしょに彼女の賃金（！）の話をし、しみじみ『生きるために生きている』我々人間の哀れさを感じた。もしみずから甘んじて永久の眠りにはいることができれば、我々自身のために幸福でないまでも平和であるには違いない。しかし僕のいつ敢然と自殺できるかは疑問である。ただ自然はこういう僕にはいつもよりもいっそう美しい。君は自然の美しいのを愛し、しかも自殺しようとする僕の矛盾を笑うであろう。けれども自然の美しいのは、僕の末期の眼《め》に映るからである。」

修行僧の「氷のように透み渡った」世界には、線香の燃える音が家の焼けるように聞こえ、その灰の落ちる音が落雷のように聞こえたところで、それはまことであろう。あらゆる芸術の極意は、この「末期の眼」であろう。私は芥川氏を作家としても、文章家としても、さほど尊敬することはできなかった。それには無論、自分が遥《はる》かに年少という安心もあったであろう。この安心のまいつしか芥川氏の死の年に近づき、愕然《がくぜん》として故人を見直せば、わが口を縫わねばなるまいが、そこはよくしたもので、自分を恥じる一方、さては自分はまだまだ死なぬのであろうというような、別種の安心に甘えるのである。けれども芥川氏の随想・感想を見るも、決して博覧強記の詐術的魔剣にとどまるものではない。また、死の近くの『歯車』[14]は、発表当時に私が心から頭を下げた作品であったが、「病的な神経の世界」といえばそれまで、芥川氏の「末期の眼」が最もよく感じられて、狂気に踏み入れた恐ろしさであった。したがって、その「末期の眼」を芥川氏に与えたところのものは、二年ばかり考えつづけた自殺の決意か、自殺の決意に至らしめた芥川氏の心身にひそんでいたものか、その微妙な交錯は精神病理学を超えていようが、芥川氏が命を賭して『西方の人』[15]や『歯車』を購《あがな》ったとは言えるであろう。横光利一[16]氏が彼自身にも、また日本文学にも、画期的な傑作『機械』[17]を発表した時に、「この作品は私に幸福を感じさすと同時に、また一種の深い不幸を感じさせる。」と私が書いたのは、友人の仕事を羨望したり、祝福した

14『歯車』自殺の直前に一部が発表され、残りは遺稿として発見された。芥川龍之介を自殺に追いこんだ不気味な幻視・妄想がさまざまに描かれている。15『西方の人』芥川龍之介のエッセイ。一九二七年八月、「改造」に掲載。16 横光利一　小説家。一八九八―一九四七年。川端康成らとともに新感覚派の中心となった。17『機械』一九三〇年、「改造」に掲載。機械のように動く人間心理の複雑な絡み合いが描かれている。

りするよりも前に、なにかしら不安を覚え、ぼんやりした憂えにとざされたからであった。私の不安は大分去ったけれども、そのかわり彼の苦しみはさらに加わったのだ。「我々の最もすぐれた小説家たちは常に実験《エクスペリメンタア》家であった。」「散文においてであれ、韻文においてであれ、凡《すべ》ての規範はその起源を天才の作品に発しているということを諸君に記憶してもらいたい。そしてもし我々が凡て最良の形式はすでに発見されてしまい、偉大なる作家たち——彼らの多くはその初めは偶像破壊者、聖なる像の破壊者であった——の研究から我々が引き出し得る、文学法則のこれ以上の破壊は、それが伝統外にあるのゆえをもって、非難されるべきであると、仮定しなければならないとすれば、そうなると我々は我々の文学が成長を止めてしまった、そして成長を止めたものは死物だ、ということもまた甘んじて認めなければならない。」（J・D・ベレスフォード「小説の実験」秋沢三郎《さぶろう》氏、森本忠《ただし》氏訳）「実験」の出発は、よしんばそれが少しばかり病的なものであろうとも、楽しく若やいだものであるが、「末期の眼」は、やはり「実験」であろうが、死の予感と相通ずることが多い。「我事《われ》[18]において後悔せず。」と、刻々念々自らつとめているわけではないけれども、ただあきれるほどもの忘れがひどいためにか、道徳的自省心の欠如のためか、私は後悔という悪魔にはいっこうつかまらぬ。しかしすべてのものごとは、後から計算すると、起こるべくして起こり、なるようになってきたのであって、そこになんの不思議もないと思われがちである。神のありがたさかもしれぬ。人間の哀れさかもしれぬ。とにかく、この思いは案外天の理にかなっているようである。いかなる凡下といえども、[19]夏目漱石《そうせき》の座右銘「則天去私」に至る瞬間が往々あるらしい。例えば死であるが、死にそうもない人でもさて死なれてみると、やはり死ぬのだったかなと思いあたる節があるものである。すぐれた芸術家はその作品に死を予告していることが、あまりにしばしばである。創作が今日の肉体や精神の科学で割り切れぬ所以《ゆえん》の恐ろしさは、こんなところにもある。私も早すぐれた芸術の友二人と、幽明境を異にした。[20]梶井《かじい》基次《もとじ》郎《ろう》氏と古賀春江氏とである。女との間には、生別というものがあっても、芸術の友にあるのは死別ばかりで、生別というものはない。多くの旧友と来往や消息がとだえようと、喧嘩《けんか》別れしよ

18 **我事において後悔せず** 剣豪・宮本武蔵《むさし》（一五八四?—一六四五年）の『独行道《どっこうどう》』（一六四五年）のなかのことば。 19 **夏目漱石** 明治から大正時代の小説家、評論家、英文学者。一八六七—一九一六年。「則天去私（天に則《のっと》り私を去る）」は、晩年に文学・人生の理想とした境地。 20 **梶井基次郎** 小説家。一九〇一—三二年。『伊豆の踊子』（一九二七年）の校正を手伝った。

うと、私は友人としての彼らを失ったと思ったことはない。忘れっぽい私は、梶井氏や古賀氏の追想文を書こうとしても、故人身辺の人々か、私の女房かに、いちいち聞かねば、具体的な印象は刻めぬ。けれど、死人の友人どもの思い出の記は、信じられやすいものの、実は信じがたいものが多い。私は小穴隆一《おあなりゆういち》[21]氏が芥川龍之介氏の死を明かそうとした『二つの絵』の文面の激しさを、むしろあやしむ。「わたしは二、三の友だちにはたとい真実を言わないにもせよ、嘘をついたことは一度もなかった。彼らもまた嘘をつかなかったから。」（『侏儒《しゆじゆ》[22]の言葉』）と、芥川氏も書いているし、『二つの絵』が嘘だと思うのではないが、モデル小説は作者が真実であろうとつとめればつとめるだけ、かえってモデルから遠ざかると言っても詭弁《きべん》であるまい。アントン・チエホフ[23]の手法も、ゼイムス・ジョイス[24]の手法も、モデルそのものでない点に変わりはない。

「あらゆる文学的部類《ジャンル》は詞《ことば》の何かある特殊な使用から生まれるが、小説は一つあるいは幾つかの架空的『生命』を我々に伝えるために、言葉の直接的な、意味を濫用し得る。そして、それらの架空的生命の役割を設定し、時と所とを定め、出来事を述べ、とにかく十分な因果性でそれらを連結するのである。

詩が、直接に我々の機能を活動させ、聴覚、音声の形、および律動ある表現の間に、正確な、脈略ある連繫《れんけい》を実施すること、すなわち歌を、その極限とするに反し、――小説は、あの一般的な不規則な期待、すなわち現実の出来事に対する我々の期待を、我々の裡《うち》に唆《そそ》り立て、持続しようとする。つまり作家の技術は、現実の出来事の奇妙な演繹《えんえき》、あるいはそれらの普通の順序に似ているのである。また詩の世界が、言葉の装飾と機会との純粋な体系であるから、本質的にそれ自体の裡《うち》に鎖《とざ》され、完全であるに反し、小説の宇宙は、幻想的なものでさえも、あたかも実物の絵が見せかける画《え》か見物人の往来している附近の触れ得る事物に接続するように、現実の世界に連接するのである。

小説家の計算と野心との対象である『生命』と『真実』との外観は、小説家が自分の計画に取り入れる観察――すなわち認知し得る諸要素の、不断の導入に懸かってい

21 小穴隆一　洋画家、随筆家。一八九四―一九六六年。『二つの絵』（一九五六年）では、芥川私生児説を展開して話題となった。22『侏儒の言葉』芥川龍之介の箴言《しんげん》集。一九二三―二五年、「文藝《ぶんげい》春秋」に連載。23 アントン・チエホフ　ロシアの劇作家、短編小説家。一八六〇―一九〇四年。24 ゼイムス・ジョイス　アイルランド出身の小説家、詩人。一八八二―一九四一年。二〇世紀の最も重要な作家の一人。

るのである。真実なしかも任意な細部の緯《よこいと》は、読者の現実的生存を、作中の諸人物の佯《いつわ》りの生存を接続する。そこから、それらの模擬物が、しばしば不思議な生命力を帯び、その生命力によって、それらの模擬物が我々の頭の中で正真の人物と比較され得るようになるのだ。我々は、知らぬ間に、我々の裡にあらゆる人間を、それらの模擬物に附与する。何となれば、我々の生きる能力は、生きさせる能力をも含んでいるからである。我々がそれら模擬物に多く附与すればするほど、作品の価値も大である。」[25](ポオル・ヴァレリ「プルウスト」より。中島健蔵氏、佐《さ》藤正彰《とうまさあき》氏訳)

梶井基次郎氏が死んでからすでに三年、明後日は古賀春江氏の四《よ》七日《なぬか》であるが、私は二人についてまだ書けない。それゆえに悪い友だとは、夢思わぬ。芥川氏も「ある旧友へ送る手記」に「僕はあるいは病死のように自殺しないとも限らないのである。」と書いているが、死についてつくづく考えめぐらせば、結局病死が最もよいというところに落ちつくであろうと想像される。いかに現世を厭離《えんり》するとも、自殺はさとりの姿ではない。いかに徳行高くとも、自殺者は大聖の域に遠い。梶井氏も古賀氏も隠遁《いんとん》的な世渡り方ながら、実は激しい野心に燃えていたろうし、無類の好人物と見ながら、二人とも、なかんずく梶井氏は、あるいは悪魔にもつかれていたろうけれども、いちじるしく東洋、または日本じみていた彼らは、その死後に私の追憶記など期待していなかったであろう。古賀氏も自殺を思うこと、年久しいものがあったらしい。死にまさる芸術はないとか、死ぬることは生きることだとかは、口癖のようだったそうだが、これは西洋風な死の讃美《さんび》ではなくて、寺院に生まれ、宗教学校出身の彼に、深くしみこんでいる仏教思想の現れだと、私は解くのである。古賀氏も結局病死をよい死に方と考えたらしい。まったく嬰児《えいじ》に復《かえ》り、二十日の余も高熱が続いて、眠りのように意識定かならぬ後、息絶えたのは、けだし本懐かもしれぬのである。

古賀氏が私に多少の好意を寄せていてくれたらしいのは、なんのゆえか、私は明らかにせぬ。私は常に文学の新しい傾向、新しい形式を追い、または求める者と見られている。新奇を愛好し、新人に関心すると思われている。ために「奇術師」と呼ばれる光栄すら持つ。もしそうならば、この点は古賀氏の画家生活に似通ってもいよう。古賀氏は絶えず前衛的な制作を志し、進歩的な役割をつとめようとする思いに駆られ、

25　ポオル・ヴァレリ　フランスの詩人、小説家、評論家。一八七一―一九四五年。「プルウスト」は『ヴァリエテ』（一九二四年）所収。

その作風の変幻常ならずと見えたため、私同様彼を「奇術師」扱いにしかねない人もあろう。ところで私たちははたしてよく奇術師であり得たろうか。相手は軽蔑を浴びせたつもりであろうが、私は「奇術師」と名づけられたことに、ほくそ笑んだものである。盲千人の一人である相手に、私の胸の嘆きが映らなかったゆえである。彼が本気でそんなことを思ったのなら、私にたわいなく化かされた阿呆《あほう》である。とはいえ、私は人を化かそうがために、「奇術」を弄《もてあそ》んでいるわけではない。胸の嘆きとか弱く戦っている現れに過ぎぬ。人がなんと名づけようと知ったことでない。えらいけだものの毛唐《けとう》[26]、パブロ・ピカソ[27]なんていうものはいざ知らず、私と同じように心身共に弱かった古賀氏は、私とちがって大作・力作をなしつつも、やはり私に似た嘆きが、胸をかすめることはなかったであろうか。

私がシュウル・リアリズム[28]の絵画を解するはずはないが、古賀氏のそのイズムの絵に古さがありとすれば、それは東方の古風な詩情の病のせいであろうかと思われる。理知の鏡の表を、遥《はる》かなるあこがれの霞《かすみ》が流れる。理知の構成とか、理知の論理や哲学なんてものは、画面から素人はなかなか読みにくいが、古賀氏の絵に向かうと、私は先《ま》ずなにかしら遠いあこがれと、ほのぼのとむなしい広がりを感じるのである。虚無を超えた肯定である。したがって、これはおさなごころに通う。童話じみた絵が多い。単なる童話ではない。おさなごころの驚きの鮮麗な夢である。甚《はなは》だ仏法的である。今年の二科会[29]出品作「深海の情景」なども、妖麗な無気味さが人をとらえるが、幽玄で華麗な仏法の「深海」をさぐろうとしたとも見える。同時に出品の「サアカス景」の虎は、猫のように見えるけれども、そして画材となったハアゲンベック[30]のサアカスでは、実際あんなふうにおとなしく見えたそうであるけれども、そんな虎がかえって心をとらえたのには、虎の群れの数学的構成にもよろうが、作者自らあの絵について、なんとなくしいんと静かでぼんやりした気分を描こうとしたと、語っているではないか。古賀氏は西欧近代の文化の精神をも、大いに制作に取り入れようとはしたものの、仏法のおさな歌はいつも心の底を流れていたのである。朗らかに美しい童話じみた水

26 毛唐　外国人。あるいは、欧米人を卑しめていう言葉。27 パブロ・ピカソ　スペインに生まれ、フランスで制作活動をした画家。一八八一―一九七三年。キュビスムの創始者。28 シュウル・リアリズム　理性の支配を退け、夢や幻想など非合理的な潜在意識の世界を表現することで、人間の全的解放を目指した二〇世紀の芸術運動。シュールレアリスム。[フランス語] surréalisme　29 二科会　美術団体。一九一四年、有島生馬《ありしまいくま》、石井柏亭《いしいはくてい》ら新傾向を目指す洋画家が文展を離脱して結成した。30 ハアゲンベック　ドイツの動物調教師。一八四四―一九一三年。自然を模した環境で放し飼いにする動物園を開設した。サーカス団長としても知られる。

彩画にも、温かに寂しさのある所以《ゆえん》であろう。その古いおさな歌は、私の心にも通う。けだし二人は新しげな顔の裏の古い歌で、親しんだのであったかもしれぬ。だから私には、[31]ポオル・クレエの影響がある年月の絵が最も早分かりする。古賀氏の絵を長い間近しく見てきた[32]高田《たかた》力蔵《りきぞう》氏が、遺作水彩画展覧会場で話したところによると、古賀氏は西欧風の色彩から出発し、[33]オリエンタルな色彩に移り、それから再び西欧風の色彩に戻り、今また「サアカス景」などのように、オリエンタルな色彩に復《かえ》ろうとしていたそうである。「サアカス景」は絶筆である。その後は[34]島薗《しまぞの》内科の病室で色紙を描いただけであろう。

入院してから、毎日のように色紙を、多い日は一日に十枚も、あの心身でどうして描けたかと、医者も不思議であったろうが、なぜ描いたかと、私も不思議なくらいである。[35]佐左木《ささき》俊郎《としろう》氏の家に[36]中村《なかむら》武羅夫《むらお》氏と[37]楢崎《ならさき》勤《つとむ》氏と私と、三人で悔やみに行ってみると、遺骨の箱の上に彼の作品集が四、五冊積み重ねてあった。私は思わず、ああと溜《た》め息をもらした。古賀春江氏は本来が水彩画家だったというので、水彩の具と絵筆とが棺《ひつぎ》に納められた。[38]東郷《とうごう》青児《せいじ》氏がそれを見て、古賀はあの世に行ってまで絵を描かせられるのかい、可哀想《かわいそう》に、と言った。古賀氏はまた文学者であった。わけても詩人であった。彼は毎月主な同人雑誌を買い揃《そろ》えて読んでいた。同人雑誌を買うなど、文士には先ずない。古賀氏の遺詩はいつか世に愛される時が来るだろうと私は信じているが、彼自らは文学を楽しんでいた。だから、愛読書を死の旅の道づれとしたことは、文句なかったろうが、絵筆はあるいは苦しいかもしれぬ。しかし、あんなに絵を描くことが好きだったのだから、絵の具がなければ手持ち無沙汰《ぶさた》で寂しいだろうと、私は東郷氏に答えた。

　東郷青児氏は古賀春江氏にも死の予感があったと、再三書いている。今秋の二科出品画の鬼気人に迫る無気味さからも、それが感じられるという。素人の私には、そのようなことはしかと分からぬが、出来上がったと聞いて見にいった時、百号[39]三点の力

31 ポオル・クレエ　二〇世紀のスイスの画家、美術理論家。一八七九—一九四〇年。キュビスムからの影響に加え、民族美術、幼児の絵にも大きな関心を寄せた。パウル・クレー。32 高田力蔵　洋画家。一九〇〇—九二年。33 オリエンタル　東洋の。東洋らしい。［英語］oriental　34 島薗内科　東京帝国大学附属病院島薗内科。一九三三年、治療を拒む古賀春江を、川端が説得して入院させた。35 佐左木俊郎　小説家。一九〇〇—三三年。川端は、この農民文学の旗手の夭折を惜しんだ。36 中村武羅夫　雑誌「新潮」の編集者、小説家、評論家。一八八六—一九四九年。37 楢崎勤　雑誌「新潮」の編集者、小説家。一九〇一—七八年。38 東郷青児　洋画家。一八九七—一九七八年。二科会会長も務めた。幻想的・装飾的女性像で知られる。39 百号「号」は、絵画（洋画）のカンバスの大きさの単位。百号は、およそ一六〇センチメートル×一〇〇〜一六〇センチメートル。

古賀春江「サアカス景」（1933 年）

作を前にして、古賀氏の病状をよく知っている私は、むしろあきれ返ったものであった。にわかに信じられぬくらいであった。例えば最後の「サアカス景」など、下塗りする体力がもう失われ、手に絵の具を掴《つか》むかどうかして、体をぶっつけるかのように、画布と格闘するかのように、掌《てのひら》で狂暴に塗りなぐって、麒麟《きりん》の脚を一本書き落としても、気がつかずに平然たるものだったそうである。そうして出来上がった絵が、どうしてあんなにしいんと静かなのか。また「深海の情景」のように細密な筆をつかいながら、手が震えて、ロオマ字は整った書体が書けず、署名は高田力蔵氏が入れた。絵のために手は細かく働くが、字のためには粗くも動かぬなど、超自然ななにものかである。絵と同じ頃書いた文章は、支離滅裂、言葉の脱落転倒甚だしかったそうである。制作を終えると、この世での別れを告げるかのように、たえて久しい古里を見舞い、帰って入院した。古里からの手紙もわけが分からぬそうである。病院でも色紙のかたわら詩を書きつづけていた。その詩を発表したらと、私は夫人に浄書をすすめたが、夫の字に慣れた夫人もさすが判読に苦しみ、謎を解こうと見つめていれば、いたましさの思いに頭痛がしてくるそうである。しかし一方、色紙の絵はちゃんとしている。筆が次第にみだれてきても、ちゃんとしている。いよいよ衰えて、文字通りの絶筆である色紙は、ただ幾つかの色を塗っただけで、ものの形はなく、意味も分からぬ。そこまで行ってなお、古賀氏は彩管[40]をとりたかったのである。こんなふうに、あらゆる心身の力のうちで、絵の才能が最も長く生き延び、最後に死んだのである。いや、亡骸《なきがら》のなかにもなお脈々として生存しているかもしれぬ。告別式の時に、絶筆の色紙を飾ろうかという話もあったが、それは故人の悲痛をさらしものにするに似るとの反対があって、止《や》めになったけれども、絵の具と絵筆は棺に納めても、あるいは罪なことではなかったであろう。古賀氏にとっては、絵は解脱の道であったにちがいないが、

40 彩管　絵を描く筆。絵筆。

また堕地獄の道であったかもしれない。天恵の芸術的才能とは、業《ごう》のようなものである。

神の喜劇を書いたダンテ[41]の生涯は悲劇であった。ワルト・ホイットマン[42]はダンテの肖像を訪客に見せて、「この世の不潔を脱した人の顔だ。この顔になるにはたくさん得ただけ、それだけ、失ったのだ。」と語ったそうである。話はあまりあらぬほうへ飛ぶが、竹久夢二氏もまたあの個性のいちじるしい絵のために、「たくさん得ただけ、それだけ失ったのだ。」連想の飛躍ついでに、もう一つ石井柏亭《はくてい》[43]氏を持ち出そう。柏亭氏の生誕五十年祝賀会のテエブル・スピイチで、有島生馬《ありしまいくま》[44]氏は「石井氏は二十にして不惑[45]、三十にして不惑、四十にして不惑、五十にして不惑、おそらくぎゃっと生まれた瞬間から、不惑だったろう。」と、しゃれのめしたことがある。柏亭氏の画道が不惑ならば、夢二氏の何十年一日のような画道も不惑であったろうか。比較の突飛さに笑い出す人があろう。夢二氏の場合、その画風は夢二氏の宿業のようなものであった。若い頃の夢二氏の絵を「さすらいの乙女」とすると、今の夢二氏の絵は「宿なしの老人」かもしれぬ。これもまた、作家の覚悟すべき運命である。夢二氏の甘さは夢二氏を滅したとはいえ、また夢二氏を救っている。私が伊香保で見た夢二氏は、もう白髪が多く、肉もどこかゆるみ、退廃の早老とも見えたが、また実に若々しかったのは目の色のように思う。

その夢二氏は女学生たちと打ちつれて、高原に草花など摘み、楽しげに遊んでいた。少女のために画帖《がちょう》を描いたりしていた。それがいかにも夢二氏らしい自然さであった。三つ子の魂百までの、この若い老人、この幸福で不幸な画家を見て、私は喜ばしいような、うら悲しいような――夢二氏の絵にいくばくの真価があるにせよ、そぞろ芸術のあわれさに打たれたものであった。夢二氏の絵が世に及ぼした力も非常なものであったが、また画家自らを食いさいなんだことも、なみなみならずであったろう。伊香保で会う数年前、芥川龍之介氏の弟子のような渡辺庫輔《わたなべくらすけ》[46]氏に引っぱられて、夢二氏の家を訪れたことがある。夢二氏は不在であった。女の人が鏡の前に座っていた。

41 ダンテ　イタリアの詩人。一二六五―一三二一年。長編叙事詩『神曲』を著した。『神曲』の原題は *La Divina Commedia* で、直訳すると「神の喜劇」となる。　42 ワルト・ホイットマン　アメリカ合衆国の詩人、随筆家、ジャーナリスト。一八一九―九二年。詩集『草の葉』（一八五五年）など。　43 石井柏亭　洋画家。一八八二―一九五八年。　44 有島生馬　洋画家、小説家。一八八二―一九七四年。　45 不惑　四〇歳のこと。『論語』「為政」に「四十にして惑わず」とある。　46 渡辺庫輔　長崎の郷土史家。一九〇一―六三年。上京してからは、芥川龍之介宅に通って指導を受けた。

その姿がまったく夢二氏の絵そのままなので、私は自分の目を疑った。やがて立ち上がってきて、玄関の障子につかまりながら見送った。その立ち居振る舞い、一挙手一投足が、夢二氏の絵から抜け出したとは、このことなので、私は不思議ともなんとも言葉を失ったほどだった。画家がその恋人が変われば、絵の女の顔なども変わるのは、おきまりである。小説家だって同じだ。芸術家でなくとも、夫婦は顔が似てくるばかりでなく、考え方も一つになってしまう。少しも珍しくないが、夢二氏の絵の女は特色がいちじるしいだけ、それがあざやかだったのである。あれは絵空事ではなかったのである。夢二氏が女の体に自分の絵を完全に描いたのである。芸術の勝利であろうが、またなにかへの敗北のようにも感じられる。伊香保でもこのことを思い出し、芸術家の個性というものの、そぞろ寂しさを、夢二氏の老いの姿に見たのであった。

その後もう一度、女の人工的な美しさの不思議に打たれたのは、文化学院[47]の同窓会で、宮川曼魚《まんぎょ》[48]氏の令嬢を見た時である。あの学校らしい近代風な令嬢のつどいのなかに、江戸風の人形を飾ったのかと驚いたが、東京の雛妓《すうぎ》[49]でもなく、京都の舞子でもなく、江戸の下町娘でもなく、浮世絵でもなく、歌舞伎《かぶき》の女形《おやま》でもなく、浄瑠璃《じょうるり》の人形でもなく、少しずつはそれらのいずれでもあるような、曼魚氏の江戸趣味の生きた創作であった。今の世に二人とあるまい、こんな娘も丹精次第で創れるのかと、あきれる美しさであった。

――以上はこの文章のほんの前書きのつもりが、長くなったものである。はじめは「原稿紙など」という題をつけておいた。夢二氏と会ったと同じ頃、同じ伊香保で、龍胆寺雄《りゅうたんじゆう》[50]氏に初対面したことから、龍胆寺氏の原稿紙と原稿の書き振りを紹介し、幾人かの作家のそれに及びながら、小説作法についてなにかを感じようと企てたものであった。その前書きが十倍の長さになってしまった。もし当初から「末期の眼」について語るつもりならば、自ら別種の材料と覚悟とを用意したであろうと思う。

さりながら、「小説作法」に筆を染めようとして、ふと机辺の「劇作」[51]十月号を拾いあげ、セント・J・アアヴィンの『戯曲作法』を読み散らしていると、

「数年前英国で、『文学に成功する方法』という題の本が出版された。その数カ月後、

47 文化学院　一九二一年に、教育者・西村伊作《いさく》（一八八四―一九六三年）によって創設された専修学校。48 宮川曼魚　随筆家。一八八六―一九五七年。。江戸の文学・風俗を研究し、考証的な著作を残した。49 雛妓　一人前でない芸妓《げいぎ》。半玉《はんぎょく》。50 龍胆寺雄　小説家、評論家。一九〇一―九二年。51「劇作」演劇雑誌。同人誌として、一九三二―四〇年に刊行された。

その本の著者は作家として成功し得ず自殺してしまった。」と（菅原《すがわら》卓《たかし》氏訳）。

ざくろ

発表――一九四三（昭和一八）年
高校国語教科書初出――一九八三（昭和五八）年

東京書籍『現代文』

一夜の木枯らしにざくろ[1]の葉は散りつくした。

その葉は、ざくろの木の下の土を円く残して、そのまわりに落ちていた。

雨戸をあけたきみ子は、ざくろの木が裸になったのにも驚いたが、葉がきれいな円を描いて落ちているのも不思議だった。風に散り乱れそうなものだった。

梢《こずえ》にみごとな果実があった。

「おかあさん、ざくろの実。」

と、きみ子は母を呼んだ。

「ほんとうに……。忘れていた。」

と、母はちょっと見ただけで、また台所へもどっていった。

1　ざくろ　ザクロ科の落葉高木。実はほぼ球形で、熟すると厚い皮が裂けて、透き通った紅色の種子が見える。

ざくろ

忘れていたという言葉から、きみ子は自分たちのさびしさを思い出した。縁先になっているざくろの実も忘れて暮らしているのだった。

半月ばかり前のこと――いとこの子供が遊びにくると、早速ざくろに目をつけた。七歳の男の子が我武者《がむしゃ》に木を登るのに、きみ子は生き生きしたものを感じて、

「まだ上に大きいのがあるわよう。」

と、縁から言った。

「うん、だって、取ったら、僕おりられないよう。」

なるほど、両手にざくろを持っては、木からおりられない。きみ子は笑い出した。子供が非常にかわいかった。

子供が来るまで、この家ではざくろの実を忘れていた。それからまた今朝まで、ざくろの実を忘れていた。

子供の来た時は、まだ葉のあいだにかくれていたが、今朝はざくろの実が空にあらわれていた。

このざくろの実も、落ち葉に円くかこまれた庭土も、凜《りん》と強くて、きみ子は庭に出ると、竹竿《たけざお》でざくろの実を取った。

熟し切っていた。盛り上がる実の力で張り裂けるように割れていた。縁に置くと、粒々が日に光り、日の光は粒々を透き通った。

きみ子はざくろにすまなかったように思った。

二階に上がって、さっさと縫い物をしていると、十時頃、啓吉《けいきち》の声が聞こえた。木戸があいていたか、いきなり庭のほうへ回ったらしく、気負い立った早口だった。

「きみ子、きみ子、啓ちゃんが来たよ。」

と、母が大声に呼んだ。

あわてて糸の抜けた針をきみ子は針山に刺した。

「きみ子もね、啓ちゃんが出征[3]する前に、一度会いたいって言い言いしてたんだけど、こちらからはちょっと行きにくいし、啓ちゃんもなかなか来てくれないしね。まあまあ今日は……。」

と、母が言っている。昼飯でもと引きとめるが、啓吉は急ぐらしい。

「困ったわねえ。……これうちのざくろ、おあがり。」

[2] 我武者　向こうみずなこと。「がむしゃら」に同じ。[3] 出征　軍隊の一員として戦地へ行くこと。

そうしてまたきみ子を呼んだ。

きみ子がおりていくと、啓吉は目で迎えるように、その目は待ち切れぬように、きみ子を見ているので、きみ子は足がすくんだ。

啓吉の目にふとあたたかいものが浮かびかかった時、

「あっ。」

と、啓吉はざくろを落とした。

二人は顔を見合わせて微笑した。

微笑し合ったことに気がつくと、きみ子は頰が熱くなった。啓吉も急に縁側から腰をあげて、

「きみちゃんも、体に気をつけてね。」

「啓吉さんこそ……。」

と、きみ子が言った時は、もう啓吉はきみ子に横を向けて、母にあいさつをしていた。

啓吉が出ていってからも、きみ子がちょっと庭の木戸のほうを見送っていると、

「啓ちゃんもあわてものだねえ。もったいない、こんなおいしいざくろを……。」

と、母は言った。縁側に胸をあてて手を伸ばすと、ざくろを拾った。

さっき啓吉は、目の色があたたかくなりかかった時、自分で気づかずに手を動かして、ざくろを二つに割ろうとしたはずみに、取り落としたのだったろう。割れ切らないで、実のほうをうつ伏せに落ちていた。

母はそのざくろを台所で洗ってきて、

「きみ子。」

と差し出した。

「いやよ、きたない。」

顔をしかめて、身をひいたが、ぱっと頬が熱くなると、きみ子はまごついて、素直に受け取った。

上のほうの粒々を少し啓吉が齧《かじ》ったらしかった。

母がそこにいるので、きみ子は食べないとなお変だった。なにげないふうに歯をあてた。ざくろの酸味が歯にしみた。それが腹の底にしみるような悲しいよろこびを、きみ子は感じた。

そんなきみ子に母は、いっこう無頓着で、もう立ち上がっていた。

鏡台の前を通って、

「おやおや、大変な頭。こんな頭で、啓ちゃんを見送って、悪かったわね。」

と、そこに座った。

きみ子はじっと櫛《くし》の音を聞いていた。

「お父さんが、なくなった当座はねえ。」

と、母はゆっくり言った。

「髪を梳《す》くのが、こわくって……。髪を梳いてると、つい、ぼんやりしちゃうのね。ふっと、やっぱりお父さんが、梳き終わるのを待っててらっしゃるような、そんな気がしてね、はっとしたりすることがあってね。」

母がよく父の残しものを食べていたのを、きみ子は思い出した。

きみ子はせつない気持ちがこみあげてきた。泣きそうな幸福であった。

母はただもったいないと思っただけで、今もただそれだけのことで、ざくろをきみ子にくれたのだろう。母はそういう暮らしをしてきたので、つい習わしが出たのだろう。

きみ子は、秘密のよろこびに触れた自分が、母に恥ずかしかった。

しかし、啓吉に知られないで、心いっぱいの別れ方をしたように思い、また、いつまでも啓吉を待っていられそうに思うのだった。

そっと母のほうを見ると、鏡台を隔てる障子にも、日がさしていた。

膝に持ったざくろに歯をあてることなど、もうきみ子には恐ろしいようだった。

哀《あい》愁《しゅう》

発表――一九四七（昭和二二）年
高校国語教科書初出――一九六五（昭和四〇）年

尚学図書『高等学校現代国語 三』

このごろ妻が声楽を習っている（ことになっていて）、今も座敷のほうでしきりと歌っている。歌声が歩いているから、掃除でもしながららしい。習い初めにしてはうまいものだ、女房にしてはいい声だと、私は少し怪訝《けげん》にも思っている。しかし若い女《おんな》歌《うた》の甘さでいい気持ちになっている。――そのいい気持ちのまま私は目が覚めた。歌も続いて聞こえていた。

妻が歌っているのではないと分かるのにちょっと間《ま》があった。

私は寝床から家人を呼んで、あの歌はうちのラジオか近所の蓄音機[1]かと聞いた。妻が茶の間にいて、浜の海水浴場でのレコオド演奏だと答えた。毎日鳴らしているのを知らないかと言った。私は苦笑したが、いい気持ちはまだ残っていて、しばらく聞い

1　蓄音機　円盤レコードの溝に針を接触させ、録音した音を再生する装置。一八七七年、トーマス・エジソンが発明。

蓄音機

ていた。やがて例の流行歌に興覚めしてきそうなので起きてしまった。

　正午過ぎだった。

私に歌が聞こえ出した時はもう半ば覚めていたのだろう。歌で起こされつつあったのだろう。しかしまだ私の頭はその歌が家のなかのことと思うほどしか働かないので、妻が声楽を習っているという夢になったらしい。

　妻の夢を見るなど絶えてないことだった。

また、私は午前四時ころまで机に向かい、それから一、二時間床のなかで本を読み、雨戸をあけて朝風を入れて寝入る習わしだから、暑さ盛りのこのごろでは日中の目覚めが重苦しい。

　それが今朝はとにかく歌声でいい気持ちの寝起きであった。幸福というような気持ちであった。幸福というようないい気持ちでいるうちに、自分は存外幸福な人間ではあるまいかと思い出した。

　私の夢は音楽の夢としてはきわめて幼稚な夢である。文学についてはこのような夢を見ることはできない。なにかを読んでいる夢、なにかを書いている夢はときどき見るが、目覚めては自分の夢に驚くことが少なくない。[2]呉《ご》清源《せいげん》が夢でおもしろい手を思いついて覚めてから打ってみると、私に話したことがあった。夢のなかで書いている私は現《うつつ》の私には覚めて書いている私よりもよほど霊性が働いていたようで、夢が覚めてから驚く。自分のうちにもなお汲《く》むべき泉があるかと慰め、また所詮《しょせん》自分にも大方はつかまらぬ生の流れを哀れみもする。夢で書くなどもとより荒誕無稽であろうが、裸形の魂の天翔《あまかけ》る姿を見ないとは言い切れない。また片寄った生業《なりわい》の悲惨と醜怪とが夢にまでつきまとうのも無論である。

私が音楽に多少親しんでいれば、海水浴場の流行歌演奏などで夢現《ゆめうつつ》にしろいい気持ちにされるわけはないだろう。私は音楽を知らない。私の生涯は音楽という美を知らずに過ぎるのかと、私はそういうふうな考え方もする年齢に来てしまった。音楽を知るためにはどのような犠牲を払ってもよいと思うことがある。大袈裟《おおげさ》な言葉のようだが、趣味や道楽で味わう美は高が知れたものだし、一つの美に触れるのも運命のめぐりあわせによるし、短い生涯で知られる美はきわめて微量だと私はおいおい痛感するようになってきた。一人の芸術家が一生につくり出す美の限度についても折り節考え

2　呉清源　囲碁の棋士。一九一四―二〇一四年。中国福建省出身。

る。

たとえば画商が一枚の絵を持ってきたにしても、私はめぐりあわせと感じられたら幸いだろう。しかし、その絵の美を私がよく汲み取れないのは情けなくなる。そして、この絵は自分が持つ美を残りなく汲み取ってくれる人にめぐりあうことがいったいあるのだろうかと、絵のために考えてやって、とらえどころのない疑いにとらえられる。もちろん私たちのところへそう高価な名画は舞い込まない。また私の会心の絵にもめぐりあえないが、自分の家で見た絵では[3]浦上玉堂《うらがみぎょくどう》や[4]スウチンなど心に残るものはあった。二つとも小品だがよう買わなかった。

私は音楽を知らないように美術もまた分からない。美術を解する素質や能力がないとは思いたくなく、よいものを多く見ていないからだと教養の不足を恥じるだけでかたづけたいが、そうではない自分のそういう暗暈《あんうん》に気づいてから年久しいのである。

姉妹芸術まで行かなくても、実は私の生業の文学の領分だけでもことは似たものである。自分に分かると安心の持てるのは小説ひとつしかない。小説も時代と民族とを異にするともう理解がゆきとどかない。詩歌となると、同じ時同じ国の知友の作品さえ鑑識は不確かで、私は詩歌の批評が書けたことはない。そうしてかえりみると、小説も隈《くま》なく見えているのか疑わしい。隈なく見えるということは何人《なんぴと》にもあり得るはずはないが、小説についても私の目は広くも深くもないということになるしかない。

このような嘆きも五十歳近くでは冷たい恐怖が伴う。

もっとも今にはじまった嘆きではない。この私の欠陥の自覚も年久しいものであって、そこに逃げ口上さえ見出《みいだ》していた。つまり、ものがよく分からないと自分に分かるのは私が芸術にたずさわっているからで、芸術にかかわりなく自然や人生を見ていたらものがよく分からないということが分からなかっただろう。そうして私はものがよく分からないということの幸福を少しずつ思うようになってきた。

この逃げ口上には無論幼稚なごまかしがある。分かれば分かるほど分からなくなるという人の言い草としてなら意味があるので、分からない手前にうろついている私では逃げ口上に過ぎない。しかし、芸術が分からないことに私は幸福を感じないけれども、自然や人生の分からないことに幸福を感じるのは事実である。この言い草にも勝

3 浦上玉堂　江戸時代の文人画家。一七四五―一八二〇年。晩年の代表作「凍雲篩雪図《とううんしせつず》」は、川端康成記念会所蔵。4 スウチン　ロシア生まれのフランスの画家。一八九三―一九四三年。激しくゆがめられた形態、荒々しく大胆なタッチ、幾重にも塗りこまれた不思議な色遣いが特徴。

手な飛躍はあろう。とにかく事実としておく。そして私は作家としてのこの不安と不足とに、生の安心と満足とを覚える時がある。あきらめの弱音とも言い捨てられない。戦争中、ことに敗戦後、日本人には真の悲劇も不幸も感じる力がないという、私の前からの思いは強くなった。感じる力がないということは、感じられる本体がないということでもあろう。

敗戦後の私は日本古来の悲しみのなかに帰ってゆくばかりである。私は戦後の世相なるもの、風俗なるものを信じない。現実なるものもあるいは信じない。

近代小説の根底の写実からも私は離れてしまいそうである。もとからそうであったろう。

さきごろ私は織田作之助[5]氏の『土曜夫人』を読んだ後で自作の『虹』[6]を校正してみて、似通っているのに驚いた。同じ悲しみの流れではないか。『土曜夫人』の言わば自分を追いつめた勢いの乱れ咲きの陰になんと悲しい作者の心底であろう。その悲しみが私の作者の死を悲しむ思いと一つに流れ合った。

戦争中に私は東京へ往復の電車と灯火管制[7]の寝床とで昔の『湖月抄《こげつしょう》[8]本源氏物語』を読んだ。暗い灯や揺れる車で小さい活字を読むのは目に悪いから思いついた。またいささか時勢に反抗する皮肉もまじっていた。横須賀線[9]も次第に戦時色が強まってくるなかで、王朝の恋物語を古い木版本で読んでいるのはおかしいが、私の時代錯誤に気づく乗客はないようだった。途中万一空襲で怪我をしたら丈夫な日本紙は傷おさえに役立つかと戯れ考えてみたりもした。

こうして私が長物語のほぼ半ば二十二、三帖《じょう》まで読みすすんだころで、日本は降伏した。『源氏』の妙な読み方をしたことは、しかし私に深い印象を残した。電車のなかでときどき『源氏』に恍惚《こうこつ》と陶酔している自分に気がついて私は驚いたものである。もう戦災者や疎開者が荷物を持ち込むようになっており、空襲に怯《おび》えながら焦げ臭い焼け跡を不規則に動いている、そんな電車と自分との不調和だけでも驚くに値したが、

5 **織田作之助**　小説家。一九一三—四七年。大阪庶民の生活を描いた。『土曜夫人』は、一九四六年より読売《よみうり》新聞に連載され、未完の絶筆となった。 6 **『虹』**　一九三四—三七年。『禽獣《きんじゅう》』とともに、虚無の傾向がもっとも強い作品。人間の生のむなしさが吐き出すように語られている。 7 **灯火管制**　戦時下、敵の空襲に備えて、屋外から灯火が見えないようにすること。 8 **『湖月抄本源氏物語』**　北村季吟（一六二五—一七〇五年）が著した『源氏物語』の注釈書。一六七三年成立。江戸時代を通じ最も流布した『源氏物語』の版でもあった。『源氏物語湖月抄』。 9 **横須賀線**　大船《おおふな》駅と久里浜《くりはま》駅を結ぶ、現在のJR東日本の路線。もしくは、それに東海道本線東京駅・大船駅間を併せた電車運行系統の名称。川端は、神奈川《かながわ》県鎌倉郡鎌倉町（現在の鎌倉市）在住だった。

千年前の文学と自分との調和により多く驚いたのだった。

私は割と早く中学生[10]のころから『源氏』を読みかじり、それが影響を残したと考えているし、後にも読み散らす折りはあったが、今度のように没入し、また親近したことはなかった。昔の仮名書きの木版本のせいであろうかと思ってみた。ためしに小さい活字本と読みくらべてみると、確かにずいぶんと味がちがっていた。また戦争のせいもあっただろう。

しかし私はもっと直接に『源氏』と私との同じ心の流れにただよい、そこに一切を忘れたのであった。私は日本を思い、自らを覚《さと》った。あのような電車のなかで和本をひろげているという、いくらかきざでいやみでもある私の振る舞いは、思いがけない結果を招いた。

そのころ私は異境にある軍人から逆に慰問の手紙を受け取ることが少なくなかった。未知の人もあったが、文面はおおかた同じで、その人たちは偶然私の作品を読み、郷愁にとらえられ、私に感謝と好意とを伝えてきたものであった。私の作品は日本を思わせるらしいのである。そのような郷愁も私は『源氏物語』に感じたのだったろう。

ある時私は、『源氏物語』は藤原《ふじわら》[11]氏をほろぼしたが、また平氏《へいし》[12]をも、北条《ほうじょう》[13]氏をも、徳[14]

川氏をもほろぼしたというふうに考えてみたことがあった。少なくともそれらの諸氏がほろびるのにこの一物語は無縁でなかったとは言えるだろう。

それと話は大分ちがうけれども、今度の戦争中や敗戦後にも心の流れに『源氏物語』[15]のあわれを宿していた日本人は決して少なくないだろう。

『土曜夫人』の悲しみも『源氏物語』のあわれも、その悲しみやあわれそのもののなかで、日本風な慰めと救いとにやわらげられているのであって、その悲しみやあわれの正体と西洋風に裸で向かい合うようにはできていない。私は西洋風な悲痛も苦悩も経験したことがない。西洋風な虚無も廃退も日本で見たことがない。

浦上玉堂やスウチンの小品が私の心に残ったのも、やはりその悲しみのゆえであっ

---

10 **中学生** 五年制の旧制中学校の学生。学校教育法施行（一九四七年）後は高等学校（新制）に移行した。11 **藤原氏** 古代に繁栄し、明治維新まで朝廷の中枢を占めてきた貴族。中臣鎌足《なかとみのかまたり》（六一四―六六九年）が大化改新（六四五年）に尽くした功で藤原姓を賜ったことに始まる。12 **平氏** 平安前期の皇族賜姓の一つで、平《たいら》姓を名乗る一族。平清盛《きよもり》（一一一八―八一年）のときに最盛期を迎えた。13 **北条氏** 伊豆《いず》国（現在の静岡県南部）出身の豪族で、鎌倉幕府の執権職を世襲した一族。14 **徳川氏** 徳川家康《いえやす》（一五四二―一六一六年）が創始した氏族。江戸幕府の将軍家と親族の家名。15 **『源氏物語』のあわれ** 「あわれ」は、しみじみとした情趣。江戸時代後期の国学者・本居宣長《もとおりのりなが》（一七三〇―一八〇一年）は「もののあはれ」を文学の根幹ととらえ、その頂点が『源氏物語』であるとした。

た。

玉堂は秋の夕の雑木林に鴉《からす》の群れている絵であった。赤の色をやはりスウチンと同じように悲しくつかってあるが、これは薄く、またくすんで、雑木の紅葉と夕空の色とがとけ合って暮れてゆくような、うら悲しい寂しさが画面に立ちこめていた。日本の晩秋のわびしさそのものであった。雑木と鴉のほかはなにも描いてない。手前に大きな木一本だけがやや精《くわ》しく描いてある。どこにもありふれた林の写生のようで、南[16]画風の癖はほとんどなく、自然の趣が見る者にしみてくる。林の向こうになにか水がありそうにも感じられる。澄んだ秋の日らしいのに、日本の湿った空気の潤いも画面にあって、夜露の冷たさを思わせるからだろう。秋の野末や山の端にひとり行き暮れた旅愁が身にしみる絵であった。「凍雲篩雪図《とううんしせつず》」ほどに冷たくはないが、無論甘くはない。「凍雲篩雪図」が冬の厳しさなら、林に鴉の図にも秋の厳しさはあった。秋の絵の哀愁と寂寥《せきりよう》とが多少感傷的であるにしても、日本の自然が実にこうなのだからしかたがないというものだった。琴を抱いて放浪したという玉堂のこれは晩年の絵であろうと思った。年譜を調べてみると、四十そこそこの絵と知れた。四十歳でこんな絵を描いていたのかと、私は感に打たれた。またどこか若い絵のように見え出した。私が絵を分からぬせいであろう。もし私がこの絵を持ったとして、秋の夜ふけ仕事に行き悩んだ時など眺めたら、悲しくて寂しくてたまらないだろうという気がした。しかし、心が傷ついたり気が沈んだりする意味ではなく、私の宿命の流れをただ遠く見送ることになりそうなのである。「凍雲篩雪」はこの文章の後、私の手にはいったが、写真で見るほど実物の絵は「厳しく」はない。

スウチンは少女の顔であった。両手の掌《てのひら》にいっぱいくらいの小品である。みじめな、みすぼらしい、泣きゆがめたような、病みくずれたような顔だが、見ていると、悲しみは切なく、愛は濃い。清純で可憐《かれん》な顔が浮き出てくる。

私は玉堂の絵も少ししか見ていないが、スウチンの絵はこれ一枚しか見ていない。しかもごく小さいし、いつごろの作かも知らない。この一枚でスウチンを言うのはすさまじいが、この一枚のスウチンが心に触れたことは確かで、私にはこれはスウチンの感情がよく出た絵ではなかろうかと思え、前の貧窮のころの絵ではなかろうかと思

16　南画　南宗画を中心とした元、明《みん》、清《しん》の中国絵画の影響を受け、日本で江戸時代中期以降に興った絵画。文人画ともいわれる。

える。玉堂の秋の林の悲しみとは無論ちがうが、スウチンの少女の悲しみも案外私に親しいものであった。

　スウチンの絵は去年の十二月にもパリの画廊に陳列されたらしく、「誰一人として、スウチンの作品の前で冷淡ではいられなかった。若い画家たちが、彼の作品を見るに堪え得ないと言うのも、確かに無理からぬことだ。そしてこのことは、その作品にありありと見える、ほとんど堪え得られぬほどの悲壮感を告白していることになる。云々」（「シャルル・エスティエンヌの通信」、青柳瑞穂《あおやぎみずほ》氏訳、「ヨオロッパ」二号）などとも言われているが、見るに堪え得ないほど悲しみが凄烈《せいれつ》ではなさそうに私は思う。スウチンが血脈と言われるゴッホ[17]やドストエフスキイ[18]のような恐ろしい大作家でないことは明らかである。スウチンについて言われるのを私が読んだ言葉の数々、狂燥《きようそう》、熱狂、矯激、野性、残忍、恐怖、神秘、孤独、苦悩、憂鬱、混乱、腐敗、病身などという言葉の数々は、やはり言葉というものがまぬがれぬ誇張の形容に過ぎなくて、一枚の絵の前ではすべて空しいように私は感じる。

　この少女の顔のスウチンは、退廃的であろうけれども、素朴な哀愁にやわらいでいる。末世的ではあろうけれども、切実な哀憐《あいれん》にあたたまっている。わびしい孤独も異教の神秘というほどのことはなく、人肌の恋しさを感じさせる。片目はつぶれ、耳はひしげ、鼻はまがり、口は吊《つ》った、かのような顔で、スウチンの血いろもつかってあるが、少女はなつかしげに生きている。数々の言葉のようにスウチンには異様に強烈な絵が多いのだとすると、この少女の顔はスウチンの魂の素直なひとしずくと愛すべきなのかもしれない。

しかし私はこの小品を買うという気にはなりにくい。一見きたならしいからではなく、これが目にふれるところでの仕事は、私の悲しみの流れに絵が加わりそうだからである。また私は玉堂の秋やスウチンの少女のように悲しいのが、文学的、抒情《じよじよう》的なのが、絵として最も好きというわけでもない。西洋人の絵を買えるなら私はやはり裸婦がほしい。

玉堂もスウチンも近所の美術商緑陰亭へ来たので私の家へ借りてこられただけのことだが、心に残る哀愁の絵と二つつづけてのめぐりあいは、あるいは偶然でなかった

17 ゴッホ　オランダの画家。一八五三—九〇年。主にフランスで活躍した。印象派と日本の浮世絵の影響を受け、強烈な色彩と大胆な筆触によって独自の画風を確立した。18 ドストエフスキイ　ロシアの小説家。一八二一—八一年。内面的・心理的矛盾と相克の世界を描き、人間存在の根本的問題を追求した。

かもしれない。

音楽についても少し書かないと首尾ととのわないけれども、くたびれてしまった。野上彰《のがみあきら》[19]、藤田圭雄《ふじたたまお》[20]両氏の童謡集『雲とチュウリップ』に寄せた私の序文から、短い言葉を引いて、後はまたのことにする。

「もの悲しげな子守歌が私たちの魂にしみた。いのちの流れぬ子供歌が私たちの心を鎧《よろ》った。

日本は軍歌も哀調を帯びていた。古《いにしえ》の歌のしらべは哀愁の形骸を積み重ねた。新しい詩人の声もすぐ風土の湿気に濡《ぬ》れ落ちてしまう。」

19 野上彰　編集者、児童文学作家、小説家。一九〇九―六七年。川端康成に師事した。20 藤田圭雄　編集者、児童文学作家、評論家。一九〇五―九九年。

しぐれ

発表——一九四九（昭和二四）年
高校国語教科書初出——一九五二（昭二七）年
好学社『高等文学 三下』

あなたはどこにおいでなのでしょうか。

懶惰《らんだ》によりて臥《ふ》するにもあらず。詩作に耽《ふけ》りて臥するにもあらず。愁いを離れ、わがつとめは終われり。ひとり人里離れしこの住居《すまい》に、われはすべての有情《いきもの》を憐《あわれ》みて臥するなり。矢にて胸を貫かれ、その心臓のはげしく逆まく、負傷者《きずおい》すらも眠るに、傷つかぬわれ、なにゆえに眠らざらんや。覚めてためらいなく、眠りて恐れなし。夜も昼も、悔いの心われを苦しめず。世のいずこにもそこないを見ず。されば、すべての有情を憐みてわれは臥《い》するなり。――釈迦《しやか》[1]が岩のかけらで脚を傷つけてやすんでいた時、懶惰にして寝ぬるや、はた詩作に耽るや、汝《なんじ》のなすべきこと多からずやと悪魔に言われて答えたという言葉を、私は寝つきのわるい枕で思い出してつぶやいてみることもあります。

1 釈迦　仏教の開祖。前四六三頃―前三八三年頃。釈迦牟尼《むに》。

安らかな深い眠りを恵まれる夜は年のうちに幾日もなく、不眠症や睡眠不足も四十年の習わしではむしろそれが常となりまして、まともに寝入りそうな夜はかえってなにか不安を感じますし、ほんとうにまた強い悲しみか悔いのあった日の打ちひしがれたつかれは私を深い眠りに沈めてくれたようにも思えます。

昨日も秋にはときどきある、朝もひるもずうっと夕暮れのような空模様のまま夜になると[2]しぐれが来ましたが、まだ東京近くでは[3]木の葉の散るしぐれやまがうころではないと知りながら、私は落ち葉の音もまじっているように聞こえてなりません。しぐれは私を古い日本のかなしみに引きいれるものですから、逆にそれをまぎらわそうと、しぐれの詩人と言われる[4]宗祇《そうぎ》の連歌など拾い読みしておりますうちにも、やはりときどき落ち葉の音が聞こえます。葉の落ちるには早いし、また考えてみますと私の書斎の屋根に葉の落ちる木はないのであります。してみると落ち葉の音は幻の音でありましょうか。私は薄気味悪くなりましてじっと耳をすましてみますと落ち葉の音は聞こえません。ところがぼんやり読んでおりますとまた落ち葉の音が聞こえます。私は寒けがしました。この幻の落ち葉の音は私の遠い過去からでも聞こえてくるように思ったからでありました。

「西行[5]の和歌における、宗祇の連歌における、雪舟[6]の絵における、利休[7]が茶における、その貫道するものは一なり」と私は芭蕉《ばしょう》[8]の言葉を魔よけのようにつぶやいてみるのでありました。私は芭蕉の百代《はくたい》[9]の達眼を感じるよりも、芭蕉の一大勇猛心に打たれるのであります。この言葉の前には、「つひに無能無芸にして、ただ、この一筋に繋《つな》がる。」とあり、この言葉の後には、「しかも風雅におけるもの、造化[10]にしたがひて四時《しいじ》を友とす。見るところ、花にあらずといふことなし、おもふところ月にあらずといふことなし。像《かたち》、花にあらざる時は夷狄《いてき》にひとし。心、花にあらざる時は鳥獣に類す。」とあって、芭蕉を語るにはのがせぬ『笈《おい》の小文《こぶみ》』[11]の枕でありますが、この前後の強い言葉よりもなお強く私にひびきますのは、西行、宗祇、雪舟、利休と、四人の古

2 **しぐれ**　秋の末から冬の初めごろに、降ったりやんだりする小雨。 3 **木の葉の散るしぐれやまがう**　木の葉の散る音としぐれの降る音を聞き分けられない。 4 **宗祇**　室町時代後期の連歌師。一四二一—一五〇二年。 5 **西行**　平安時代末期の歌人。一一一八—九〇年。 6 **雪舟**　室町時代後期の画僧。一四二〇—一五〇六年。 7 **利休**　千利休。安土《あづち》・桃山時代の茶人。一五二二—九一年。 8 **芭蕉**　松尾芭蕉。江戸時代前期の俳人。一六四四—九四年。 9 **百代の達眼**　「百代」は、長い年月。『奥の細道』に「月日は百代の過客《かかく》（月日は長年の旅人）」とあり、芭蕉は人生を旅と心得ていた。 10 **造化にしたがひて四時を友とす**　天地自然に従って、四季の移り変わりを友とする。 11 **『笈の小文』**　松尾芭蕉による俳諧紀行。一六八七年一〇月から翌年四月までの旅をつづった。一七〇九年刊。

人をかぞえて、「その貫道するものは一なり。」と芭蕉みずからの道を見た叫びで、古今を貫く一すじの稲妻を見るように私は打たれるのであります。芭蕉は四十四、五でありました。

この枕につづいて紀行は、「[12]神無月《かんなづき》の初め、空定めなきけしき、身は風葉の行く末なき心地して、

旅人とわが名呼ばれん初しぐれ」

と本文に入りまして、ここでもしぐれの宿りの宗祇を思ったことでありましょう。

今はちょうどその初しぐれのころにあたりますが、五十一歳で旅に死んだ芭蕉と八十二歳で旅に死んだ宗祇とを私は思い合わせてみるのでありました。『[13]宗祇終焉《しゅうえん》記』に、「明くれば箱根《はこね》山の麓、湯本といふ所に着きしに、道のほどより少し心よげにて、湯漬けなど食ひ、物語うちしてまどろまれぬ。おのおの心をのどめて、明日はこの山を越ゆべき用意せさせて、うちやすみしに、夜中過ぐるほど、いたく苦しげなれば、おし動かしはべれば、『ただ今の夢に[14]定家卿《さだいへきやう》にあひたてまつりし。』と言ひて、『[15]玉の緒よ絶えなば絶えね』といふ歌を吟ぜられしを、聞く人、これは[16]式子《しきし》内親王の御歌にこそと思へるに、またこのたびの千句の中にありし前句にや、『ながむる月にたちぞ

うかるる』といふ句を沈吟して、『我は付けがたし。[17]みなみな付けはべれ。』などたはぶれに言ひつつ、ともし火の消ゆるやうにして息も絶えぬ。」と宗長は書いておりますが、八十二歳でありながらいまわの夢に定家に会いたてまつったというのなどは、いかにも室町も末に近いころの人らしくして、元禄《げんろく》の芭蕉とはちがうところでありましょうか。

「かく草の枕の露の名残も、ただ旅を好めるゆゑならし、もろこしの遊子[18]とやらんも、旅にして一生を暮らし果てつとかや、これを道祖神[19]と言ふとかや。

旅の世にまた旅寝して草枕夢のうちにぞ夢を見るかな」

と[20]慈《じ》鎮《ちん》和尚《おしょう》の御詠、「心あらば今宵ぞ思ひえつべかりける[21]」というのは似ておりまし

12 神無月　旧暦の一〇月。 13 『宗祇終焉記』　宗祇の弟子・宗長（一四四八―一五三二年）が著した旅の記録（一五〇一―〇二年）。越後《えちご》に滞在する師を迎えにいき、帰途、箱根湯本で死を見取った。 14 定家卿　藤原定家。鎌倉時代初期の歌人。一一六二―一二四一年。 15 玉の緒よ絶えなば絶えね　私の命よ、絶えるならいっそ絶えてしまえ。 16 式子内親王　平安時代末期から鎌倉時代初期の女流歌人。？―一二〇一年。 17 付けがたし　うまく付けることができない。「付ける」は、前の句にうまくつないで後に句を続けるという連歌・俳諧の技法。 18 もろこしの遊子　中国でいう遊子（旅人）。 19 道祖神　峠や辻《つじ》・村境などの道端で、悪霊や疫病などを防ぐ神。 20 慈鎮和尚　慈円。平安時代後期から鎌倉時代初期の僧、歌人。一一五五―一二二五年。 21 思ひえつべかりける　思いついてしまうはずのものだった。

デュウラア「祈りの手」(1508 年)

ようが、宗祇には芭蕉の「夢[22]は枯れ野」のように生をつらぬく辞世もありませんでしたし、また宗祇は詩境も芭蕉ほど澄みとおっていなかったかもしれませんが、私は乱離の世を古典とともに長生きした宗祇がなつかしまれるところもありまして、[23]駿河の宗長の庵《いおり》にも二、三度行ったことのあるのなどを思い出しながら浅い眠りにはいりますと夢を見ました。

私は手のデッサンを二枚見ております。その一枚は明治天皇のお手のデッサンで黒《くろ》[24]田《だ》清輝《せいき》が描いたものであります。もう一枚は大正天皇のお手のデッサンで、目がさめてからは画人の名を忘れましたが大正時代の洋画家が描いたものであります。一つはきびしい絵、一つはやわらかい絵、この二つの手のデッサンを見くらべながら私は明治と大正との時代の象徴のように感じる胸の痛さで夢はやぶれました。

目がさめて考えますと、私は黒田清輝の手だけのデッサンなど見たためしはありませんし、またそのきびしさは黒田の画風とは似つかぬものでありまして、実は[25]アルブレヒト・デュウラアの手のデッサンのように思えました。明治の画家ということで黒田の名が夢に浮かんだに過ぎなかったのでしょう。デュウラアの手のデッサンは画集でいくつも見て頭に残っておりましょうが、私の夢のデッサンは[26]千五百八年作の使徒の手のようであります。使徒の手は合掌して上向いておりますが、夢の手は片手で下向いて甲のほうが描かれておりました。しかしあの使徒の手にまちがいはありません。目ざめた後にもその手の絵は消え残っておりました。もう一つの手ははっきりおぼえられませんでした。

デュウラアの使徒の手がなぜ明治天皇のお手になったのか、そこは夢でありますけれども私にはなにか意味ありそうにも思われ、また天皇の夢を見るのは生まれて初めてでありますので、なぜであろうかといぶかるうちに目がさえてしまって、気づいて

22「夢は枯れ野」芭蕉が生前最後に残した句と言われる。「旅に病んで夢は枯れ野をかけ廻《めぐ》る」（『笈《おい》日記』一六九四年）。23 駿河の宗長の庵　JR東海道本線島田駅北口（静岡県島田市）に「宗長庵趾《あんし》」がある。24 黒田清輝　明治・大正時代の洋画家。一八六六―一九二四年。25 アルブレヒト・デュウラア　ルネサンス期のドイツの画家、版画家。一四七一―一五二八年。26 千五百八年作の使徒の手　「祈りの手」（一五〇八年）。ウィーン・アルベルティーナ美術館蔵。「使徒」は、イエス・キリストによって最初に選ばれた一二人の弟子。

みるとしぐれの音はやんでいました。

雨戸のやぶれからさしこむ明かりが枕もとの障子紙にうつっています。手をのばして障子をあけると月光なので私は床を這《は》い出して雨戸の節穴に片目をあてて外をのぞきました。黒く濡《ぬ》れた月夜でありました。庭にも落ち葉はありません。さきほどの落ち葉の音はやはりしぐれの音の聞きちがいだったのでありましょうか。露の降るような月明かりをかまきりのような格好で見ているうちに首が疲れて額を雨戸に休めますと、その薄いぼろ板が古釘《ふるくぎ》をはなれそうな音をたてました。

起き上がったついでに明かりをつけデュウラアの画集を持って寝床にもどりました。使徒の手を見ながら同じような形に合掌してみました。しかし私の手は似ていません。甲は幅広く指は短く、そんなことよりも罪人の手としか思えない醜さなのです。

私はふと友人須山《すやま》の手を思い出しました。そうでした、この使徒の手は須山の手に似ております。

前に私はこのデュウラアのデッサンを見て須山の手と似ていると気づいたことがあるようにも思えますし、今初めて気づいたのであるようにも思えますし、昨日の出来事さえ記憶の怪しい私にはどちらなのかはっきりいたしませんが、とにかくこの使徒の手が須山の手に似ておりますために、さきほどの夢にこのデッサンがあらわれたのでありましょうか。

そうしてじっと使徒の手に見入っておりますといよいよ生きてきて、須山が私に向かって合掌していると感じられてなりません。

しかしこのデッサンの手を今じっと見入っておりますように、私はいつか須山の手をじっと見入ったことがありますでしょうか。おぼえはありません。また須山の手は再び見られはしない、もう失われたもので、四百幾十年前の絵の手のように生きてはおりませんから、須山の手がデュウラアの使徒の手に似ていると言いましても、もはやそれは比べて確かめようもないだけに、なお絵の手が須山の手と思われるのかもしれません。

私に向けられた合掌からなにか強いものが迫ってくるように私は枕の上で首をうしろにひいて、須山はこんなに神聖な手をしていたかしらと疑うのでありました。

須山の手を私が最後に見ましたのは、青ざめた額にかざして、雷光のはためくのをさえぎるようにふるえていた、それは右手で、左手は娼婦《しょうふ》の手を取っておりました。

そうしてその娼婦のもう一方の手は私が握っておりました。双生児の娼婦をそのころ須山と私とは買いなじんでいて、その片割れをつれて浅草[27]を通った時のことでありました。

女のほうでもふた子を売りものにして、わざと髪形から着物までそっくり同じにしているのがからくりでありました。ほかに客のない時は私一人でも二人揃《そろ》って座敷へ出てきます。通っているうちには、たとえば須山と私とはどちらがどちらともわからなくなってしまいます。

その夜は雷が鳴りました。一人の女は雷がきらいだということで、一人の女だけで私たちを送って出ました。須山は少し酔っていまして、

「お前だけが雷をこわくないなんて、そいつは奇怪だ。大発見だ。雷が二人を区別したか、ふうん。」と細長い首を振りながら、

「おい、この可哀想《かわいそう》なふた子に、雷のきらいな女と雷のきらいでない女とがあったとは、どういうことだい。」と私によろけかかってきました。

「悲しむべきことでしょうよ。」と女が言いました。

「たしかに悲しむべきことかもしれんね。人間の不幸の源だ。」

「二人いっしょに生まれておいて、いまさら一人が雷をきらいだと言ってもはじまら

ん ね。」と私も妙なことを口走るのでした。

「まったくだよ。雷におどろいて、女狐《めぎつね》がしっぽを出したようなものだ。しかしお前、一人で生まれてくるところをどうして二人で生まれてきたんだ。」

「そうね。」

二人で一人、一人で二人のような、このめずらしい娼婦には官能の刺激ばかりでなしに精神の麻痺《まひ》がありましたが、それがさめた後の今は須山と私とはお互いの憎しみをかくすように顔をそむけあい女をなかにして歩くのでありました。

雷はいよいよはげしく頭の上へ近づいてきました。稲妻がひらめくたびに街の電灯もまばたきます。商店街の道の真ん中に針金をひっぱって電灯がつりさがっている、その屋外の電灯が稲妻を吸うようにぱっと明るくなって雷が鳴ります。雷がそこに落ちそうな、電流がその針金を伝わりそうな、道路の上につらなるその電灯が破れさけそうな、どきっとする光です。稲妻の色が地上を染めるようです。

空は雨雲が黒く押しひろがってきますが、もう秋ですから、夕立ちの雲ではなくて

27 浅草　東京都台東区《たいとう》の地区。一般に、浅草寺《せんそうじ》とその周辺の公園、繁華街をさす。

台風の雲のようです。

真上に近い雷鳴で、

「こわい。」と女は須山と私の手をいちどきにつかみました。須山も青ざめておりました。

「お前も雷をこわがっちゃ、さっきの区別がなくなるじゃないか。」と私は笑おうとしましたが、

「あぶないわよ、帰して。」

しかし公園の商店街の中ほどにいましたので、私たちの目ざす地下鉄の乗り場へ抜けるにしても女の家のあるほうへ引き返すにしても同じような距離でありました。女も後もどりするふうはなくて私たちの手を固く握りながら歩きました。

人通りは少なく小走りに散ってゆきます。軒下に入っている通行人もあります。雨はまだ来ませんが、雷を避けているのでしょうか。雷鳴と雷鳴とのあいだは短くなってきます。

「ああっ。」と言って須山は雷光をさえぎるように右手を額にかざしました。長い指をひろげてふるえていました。稲妻のはためいた瞬間にその手の影が須山の顔にうつ

るのを私は見ました。雷は真上で裂けたようです。つりさがった街灯は今のショックでゆらゆら揺れているようです。

とっさに私は須山が昏倒《こんとう》するのかと思って背を支えていました。私自身が怯《おび》えて須山に抱きついたのであったかもしれません。

「おい、離せ。いそごう。」と須山は女の手を振りはらい私の手も放しました。

この時が須山の手を見た最後でありました。

須山は双生児の娼婦の家の帰りにときどきこんなふうに言うことがありました。

「君は今日のように堕落したことがあるかい。」

「あるさ。生まれる時からだ。」と私は横を向いてしまいます。

「あいつらがふた子なのがいけない。しかもそのふた子は、造化の妙[28]をつくしたようによくできている。君はあの二人の存在について真剣に考えたことがあるかい。」

「ないね。」と私はやはりすげなく答えたのでありました。

28 造化の妙　「造化」は、創造主によってつくられたもの。自然。それが、人間には及びもつかない理の極みを備えていること。

須山がなくなってからも私はふた子のところへ行ったことがあります。須山の死の話をいたしますと二人とも悲しんで見せましたが、一人の女の目からだけ二粒三粒涙がこぼれました。須山がよけいに遊んだほうの女であるのか、私はよく見分けがつきませんでした。須山と二人で行った時ほどおもしろくもありませんでした。しぐれの後の月夜に私は合掌する使徒の手を見ながらつまらぬことを思い出しました。

あなたはどこにおいでなのでしょうか。

弓浦市《ゆみうらし》

発表——一九五八（昭和三三）年
高校国語副読本初出——二〇一三（平成二五）年

筑摩書房『高校生のための近現代文学エッセンス　ちくま小説選』

九州の弓浦市で三十年ほど前に、お会いしたという婦人が訪ねてきたと、娘の多枝《たえ》に取り次がれて、香住庄介《かすみしようすけ》はとにかくその人を座敷へ通すことにした。

小説家の香住には、前触れのない不時の客が毎日のようである。その時も三人の客が座敷にいた。三人は別々に来たのだが共に話していた。十二月初めにしては暖かい午後二時ごろである。

四人目の婦人客は廊下に膝を突いて障子をあけたまま、先客に遠慮するらしいので、

「どうぞ。」と、香住は言った。

「ほんとうに、ほんとうに……。」と、婦人は声がふるえそうに、「お久しぶりでございます。ただ今は村野になっておりますが、お目にかかったころの旧姓は田井でございました。お覚えがございませんでしょうか。」

香住は婦人の顔を見た。五十を少し出ていて、年より若く見えると感じられ、色白の頬に薄い赤みがさしていた。目が大きいままこの年まで残ったのは、中年太りをし

ていないせいかもしれなかった。

「やっぱり、あの香住さんにまちがいございませんわ。」と、婦人が目をよろこびに光らせて香住を見つめるのは、香住が婦人を思い出そうとしながら見るのとは、気込みがちがっていた。「お変わりになっていらっしゃいませんわ。お耳からあごの形、そう、その眉のあたりも、そっくりそのまま……。」などと、人相書き[1]のように一々指摘されるのに、香住は面映ゆくもあり、自分の側の記憶がない心おくれもあった。

　婦人は縫い紋[2]の黒い羽織に、着物も帯も地味で、みな着くたびれしていた。しかし、そう世帯やつれ[3]は見えない。小柄で顔も小さい。短い指に指輪はない。

「三十年ほど前に、弓浦の町へおいでになったことがございますでしょう。その時、私の部屋へもお寄りいただきましたの、もうお忘れになりましたでしょうか。港のお祭りの日の夕方……。」

「はあ……?」

　美しかったにちがいない、娘の部屋へまで行ったと言われて、香住はなおも思い出そうとつとめた。三十年前とすれば、香住は二十四、五歳、結婚前である。

「貴《き》田弘《だひろし》先生や秋山久郎《ひさろう》先生とごいっしょでございました。九州旅行で長崎へお越しになっていたのを、ちょうど弓浦に小さい新聞ができました祝賀会に、お招きした時でございました。」

貴田弘と秋山久郎はすでに二人とも故人だが、香住より十歳ほど年長の小説家で、香住が二十二、三のころから親しく引き立ててもらった人たちである。三十年前には二人とも第一線の作家だった。そのころ、二人が長崎に遊んだことは事実で、その旅行記や逸話は香住の記憶にも残っている。また、今日の読者にも知られているだろう。

香住はそのころ世に出かかりの自分が、二人の先輩の長崎旅行に連れていってもらったのかと、腑《ふ》に落ちないながら記憶をさぐっていると、親炙《しんしゃ》した貴田と秋山との面影が強く浮かびつづき、恩顧の数々が思い出されてくるにつれて、回想のやわらかい心理に誘いこまれていった。表情も変わったらしく、

「思い出していただけたのでございますね。」と、婦人の声も変わった。

「私、髪を短く切ったばかりの時で、耳からうしろが寒いように恥ずかしいって、申

1 人相書き　犯罪者や行方不明者を捜索するために描かれる似顔絵。また、その掲示物、配布物。 2 縫い紋　刺《し》繍《しゅう》を用いて衣服につけた家紋。刺繍紋。染め紋に対する略式。 3 世帯やつれ　家庭内のことで疲れ果て、身なりなどにかまっていられない状態。

し上げましたでしょう。ちょうど秋の終わりでございましたし……。町に新聞ができて、私も記者になりますのに、思い切って短くいたしましたのですから、首筋に香住さんのお目が来ると、刺されるように避けたのは、よく覚えておりますの。私の部屋へお伴して帰ると、すぐリボンの箱をあけて御覧いただきましたでしょう。二、三日前までは、長い髪にリボンを結んでいた証拠をお見せしたかったのでしょうと思います。たくさんあるって驚いていらっしゃいましたけれど、私は小さい時からリボンが好きだったものでございますから。」

先客の三人は黙っていた。用の話はすみ、相客がいるので腰を落ちつけて、雑談をつづけていたところだから、後から来た客に主人の話相手を譲るのは順当だが、婦人客の気配にはあたりの人たちを押し黙らせるものがあった。そして、三人の先客は婦人の顔も香住の顔も見ないで、直接は話を聞かないふうにしていたが聞こえていた。

「新聞社の祝賀式が終わって、町の坂道をまっすぐ海のほうへおりて参りましたでしょう。今にも燃え上がりそうな夕焼けでございましたわ。屋根の瓦まであかね色のようだ、あなたの首筋まであかね色のようだって、香住さんがおっしゃったの忘れませんわ。弓浦は夕焼けの名所になっておりますって、私、お答えいたしましたけれど、ほんとうに弓浦の夕焼けは今でも忘れられませんわ。その夕焼けの美しい日にお会いしたのでございました。山つづきの海岸線に刻んで作ったような、弓形の小さい港ですから、弓浦という名になったらしいのですけれど、その窪《くぼ》みに夕焼けの色もたまるんでございますね。あの日も、鱗雲《うろこぐも》[4]の夕焼けの空が、よその土地で見るより低くて、水平線が不思議に近くて、黒い渡り鳥の群れが雲の向こうへ行けそうになく見えましたでしょう。空の色が海に映っているというよりも、空のあかね色をこの小さい港の海にだけたらしこんだようでございました。旗をかざった祭船[5]が太鼓や笛を鳴らして、お稚児《ちご》[6]さんも乗っておりましたが、その子の赤い着物のそばでマッチでもすったら、ぼっといちどきに、海も空も炎になりそうだっておっしゃいましたわ。御記憶ございません？」

「はあ……。」

「私も今の主人と結婚いたしましてから、なさけないほどもの覚えが悪くなったよう

4 鱗雲　魚のうろこのように広がった、白色の巻積雲や高積雲。　5 祭船　神体や御輿《みこし》を祭り、美しく飾った船。
6 お稚児さん　神社やお寺の祭礼に際し、天童に扮《ふん》して行列に参加している児童。

でございます。これは忘れないでおこうというほど、しあわせなことがないのでございますね。香住さんのようにおしあわせの上においそがしくていらしても、昔のつまらないことは思い出すおひまもございませんでしょうし、覚えてらっしゃる必要もございませんでしょうけれど……。私の一生を通して、弓浦はいい町でございましたわ。」

「弓浦に長くいらしたんですか。」と、香住はたずねてみた。

「いいえ、香住さんと弓浦でお会いしてから後、ほんの半年ばかりして、沼津[7]へお嫁に参りました。子供も、上は大学を出てお勤めに出ておりますし、下の娘は結婚の相手がほしい年ごろでございます。私の生まれは静岡でございますが、継母《ままはは》と合わないものですから、弓浦の縁者にあずけられまして間もなく、反抗心から新聞につとめてみたのでございました。親に知れますと呼びもどされて、お嫁にやられてしまいましたから、弓浦におりましたのはわずか七カ月ぐらいでございましたけれど。」

「御主人は……？」

「沼津の神官でございます。」

香住には意外な職業と聞こえて、婦人客の顔を見た。今ではもうそういう言葉もすたれ、かえって髪形をそこなうものかもしれないが、婦人客はきれいな富士額[8]だった。

それが香住の目をとらえた。

「前は神官としてかなりに暮らせたのでございます。戦争からこのかた、それが日に日につまって参りまして、息子も娘も私には味方してくれるのでございますけれど、父親にはなにかにつけて反抗いたしますんです。」

香住は婦人客の家庭の不和を感じた。

「沼津の神社は弓浦のあのお祭りの神社とはくらべものにならないほど大きくて、大きいのが始末の悪いようなものでございますね。裏の杉の木を十本ほど、主人が勝手に売ったことで、ただ今、問題を起こしております。私は東京へ逃げて参りましたの。」

「……。」

「思い出というのはありがたいものでございますね。人間はどんな境遇になりましても、昔のことを覚えていられるなんて、きっと神さまのお恵みでございますわ。弓浦

7 沼津　静岡県東部の市。　8 富士額　富士山の形に似ている、美しい額の生え際。

の町の坂をおりる道に、お祭りのあの社、子供が多いので、香住さんは寄らないで行こうとおっしゃいましたけれど、御手洗《みたらし》[9]のそばの小さい椿《つばき》[10]に、花びらの薄い八重の花が二つ三つついていたのが見えましたでしょう。私、今でも、あの椿はどんなに心のやさしい人が植えてくれたのかと、思い出すことがございます。」

婦人客の弓浦の追憶の一場面には、香住も登場人物なのが明らかである。香住もその椿や弓形の港の夕焼けは、婦人客の話に誘われて頭に浮かんでくるようではある。しかし、回想という世界で、香住は婦人客と同じ国にはいってゆけぬもどかしさがあった。その国の生者と死者とのような隔絶である。香住はその年齢にしては人並みはずれて記憶力が衰耄《すいもう》している。顔なじみの人と長いこと話していながら、その人の姓名を思い出せぬことは始終である。そういう時の不安には恐怖が加わってくる。今も婦人客にたいして、自分の記憶を呼び起こそうとするのに、空をつかむ頭が痛み出しそうだった。

「あの椿を植えた人を思い出しますにつけても、私は弓浦の部屋をもっとよくしておけばよかったと考えますの。香住さんはあの時一度お越し下さったきりでございますし、それから三十年もお会いしないで過ぎるようなことになるのでございますもの。

あの時も少しは娘らしく部屋を飾っていたのではございますけれど……。」

香住はその部屋がまったく思い浮かんでこないので、額に立皺《たてじわ》でも出て、表情がやや険しくなったのか、

「ぶしつけに突然うかがいまして……。」と、婦人客は帰りのあいさつをした。「長いあいだ、お目にかかりたいと思って、おりましたので、こんなうれしいことはございません。あのう、また、いろいろお話しに、またうかがわせていただいてよろしゅうございましょうか。」

「はあ。」

先客をいくらかはばかって、婦人客はなにか言いそびれたような口調だった。そして、香住が見送りに廊下へ出て、うしろの障子をしめると、婦人客が急に体つきをゆるめるのに、香住は自分の目を疑った。いつか抱かれたことのある男に見せる体つきなのだ。

9 御手洗　神社の入り口で、参拝のために手や口を洗い清める水場。10 椿　ツバキ科の常緑高木。春に赤い花をつける。

「さきほどのはお嬢さまですか。」

「そうです。」

「奥さまにはお目にかかれませんでしたわ。」

香住は答えないで、玄関へ先に立って行った。玄関で婦人客が草履をはく後ろ姿に、

「弓浦という町で、僕はあなたのお部屋まで行ったんでしょうか。」

「はい。」と、婦人客は肩から先に振り向いて、「結婚しないかとおっしゃって下さいましたわ。私の部屋で。」

「ええっ？」

「その時はもう私、今の主人と婚約しておりましたから、そう申し上げて、おことわりいたしましたけれど……。」

香住は胸を突かれた。いかにもの覚えが悪くても、結婚の申しこみをしたことをまるで忘れ、その相手の娘をよく思い出せない自分に、おどろきよりも不気味だったのだ。香住は若い時からむやみに結婚を申しこむような男ではなかった。

「おことわりした事情を、香住さんはおわかり下さいました。」と、婦人客は言いながら、大きい目に涙ぐんだ。そして、短い指をふるわせて、手提げから写真を出した。

「これが、息子と娘でございます。今の娘のことで、私よりもずっと背は高いんでございますけれど、若い時の私によく似ております。」

写真で小さいが、娘は目が生き生きと、顔形も美しかった。香住は三十年ほど前にこのような娘と旅先で会って、結婚したいと言ったことがあるのだろうかと、その写真の娘に見入った。

「いつか娘をつれて参りますから、あの時分の私を見ていただけますでしょうか。」

と、婦人客は声にも涙がまじるようで、「息子にも娘にも、香住さんのことは始終話してございますから、よく存じ上げてなつかしいお方のように言っております。私、二度ともつわりがひどくて、少し頭がおかしくなったりいたしましたけれど、その時よりも、つわりがおさまって、おなかの子が動きはじめのころに、この子は香住さんの子じゃないかしらと、ふしぎに思うのでございますよ。台所で刃物を研いでおりましたりして……。そのことも二人の子供に話してございます。」

「そんな……、それはいけない。」

香住は後の言葉が出なかった。

とにかく、この婦人客は香住のせいで、異常な不幸に落ちているらしかった。その家族までもが……。あるいは、異常な不幸の生涯を、香住の追憶によって慰めているのかもしれなかった。家族までもいくらか道づれにしながら……。

しかし、弓浦という町で香住に邂逅《かいこう》した過去は、婦人客に強く生きているらしいが、罪を犯したような香住には、その過去が消え失せてなくなっていた。

「写真をおいて参りましょうか。」と、言うのに、香住は首を振って、「いや。」

小柄な婦人の後ろ姿は小股に門の外へ消えた。

香住は日本の詳しい地図と全国市町村名を本棚から抱えて、座敷へもどった。三人の客にもさがしてもらったが、弓浦という地名の市は、九州のどこにも見あたらなかった。

「おかしいですよ。」と香住は顔を上げると、目をつぶって考えた。

「僕は戦争前には、九州へ行ったおぼえがないようですがね。確かにないな。そうだ、沖縄戦[11]の最中に、海軍の報道班員として、鹿屋《かのや》[12]の特攻隊の基地へ飛行機で送られたのが、初めての九州ですよ。その次は、長崎[13]へ原子爆弾のあとを見にいった。その時に長崎の人たちから、三十年前に貴田さんや秋山さんが来た話も聞いたんです。」

三人の客たちは今の婦人客の幻想か妄想かについて、こもごも意見を言っては笑った。もちろん、頭がおかしいという結論である。しかし、香住は婦人客の話を半信半疑で聞きながら、記憶をさがしていた、自分の頭もおかしいと思わないではいられなかった。この場合、弓浦市という町さえなかったものの、香住自身には忘却して存在しないが、他人に記憶されている香住の過去はどれほどあるか知れない。香住が死んだ後にも、今日の婦人客は、香住が弓浦市で結婚を申しこんだと思いこんでいるにちがいないのと、同じようなものだ。

11 沖縄戦　太平洋戦争末期の一九四五年四月以降、沖縄本島や周辺の島々で行われた日米最後の戦闘。日本国内唯一の地上戦だった。　12 鹿屋の特攻隊の基地　「鹿屋」は、鹿児島《かごしま》県中西部の市。旧日本海軍の基地があった。太平洋戦争末期には、航空機などで敵艦に体当たり攻撃を行う「特別攻撃隊（特攻）」の出撃基地となっていた。

13 長崎へ原子爆弾　一九四五年八月九日、アメリカ軍のB29によって投下された。

並木《なみき》

発表——一九五八（昭和三三）年
高校国語教科書初出——一九七一（昭和四六）年
明治書院『現代国語 二 三訂版』

大木の銀杏《いちょう》[1]の並木が坂の片側にある、その坂のなかほどから、狭い石段を横へおりて三軒目が、添田《そえだ》家だった。

十一月三十日の夕方、添田は会社から帰って、玄関に妻と娘の顔を見るなり、

「銀杏の半分ほど裸木《はだかぎ》になってるの、気がついた?」と、二人に聞いた。「銀杏」と言えば、そこの並木とわかるが、今の言葉だけではもちろん不十分なので、添田は後を加えた。

「僕も今朝出がけに気がついて、おどろいたんだがね。坂の下からうちのあたりまでの銀杏は、すっかり葉が落ちちゃってるんだ。なかほどから上の銀杏は、まだ葉がいっぱいついてるんだよ。」

---

1 銀杏　イチョウ科の裸子植物。落葉高木で、高さ約三〇メートルに達する。葉は扇形で中央に裂け目があり、秋に黄葉する。

「気がつかなかったわ。」と、娘は言い、妻も、

「そうですか。」という目をした。

「どうしてだろうね。並木の下半分だけ裸になってるんだ。」

「気がつかないわ。出てみましょうか。」と、娘は母を誘った。

「もう暗いよ。二階からだって見えるよ。」

「そうですわね。」と、妻はうなずいた。「うちの二階から毎日見てるはずなのに、気がつかないなんて……。」

「そうだよ、見てるはずで見てないもんだよ。」

添田は外着の洋服を楽な内着の洋服に着替えながら、今朝の発見の気持ちが、妻によく伝わらないらしいと思っていた。

今朝、坂を下りて、なにげなく振りかえった時、添田ははっと立ちどまったのだった。坂の下のほうにならぶ銀杏の木々は梢《こずえ》まで裸木だ。しかし、坂の上のほうでは、並木の群れが黄葉《こうよう》のしげりだ。歩いて二分ほどの、下から上まで見通せる坂で、長くはない並木で、この裸木と黄葉とにわかれているのが、不意に一目にはいると、異常な印象だった。大木の裸の枝々は坂上の黄葉を背景にしてなお鋭く見え、坂上にそび

える黄葉は、前景に裸木を置いて、なお色濃く重なって見えた。裸木にも黄葉にも、銀杏の大木の高々とした特徴はいちじるしかった。裸木は多い小枝まで幹を抱こうとするように天を向いて、ひきしまった形だった。黄葉の盛りは厚い葉の重なる量感のまま、朝日を吸いながらさびしさに静まっていた。

裸木の群れと黄葉の群れとは、坂の何本目の木からと明らかに二分されているわけではないが、だいたい坂のなかほどで、二分されていると見てよかった。なぜ坂の半ばでそうなったのか、これも添田には不思議なことだった。

添田は勤めの行き帰りに、銀杏並木の下を通いつづけている。この秋も落葉しはじめを感じてから、日が経《た》っている。しかし、坂の下半分がいつ裸木になったのか。添田は一度家に引き返して、この並木の異変を妻や娘にしらせてみようかと思ったほどだ。

それは夕方、帰って言ったが、やはり二人とも気がついていない。

「お父さまのおっしゃる通りだわ。二階から見えました。」と、娘がおりてきた。

「そうだろう。見えたか。」

「薄暗いけどわかったわ。坂まで行って見てきます。」と、娘はそのまま玄関へ出た。

妻は添田のために入れた煎茶を自分も飲んでいて、立つけはいはなかった。

「幾子は行かないの？　まあ、明日の朝でいい。しかし、今夜のうちに、坂の上まで、みな裸木になるかもしれないよ。」

「風がありませんから。」

「この三、四日、風の吹いたことがあったかね。」

小雨は降ったが、風は出なかった。

坂はおよそ東から西へのぼるので、強い東風が吹き上げでもすれば、銀杏並木は坂の下のほうの半分だけ、落葉することもあるのかと、添田は考えてみたものの、その考えもあやしいようだった。昔の同じ時に植えられたらしい並木が、坂のなかほどで、裸木と黄葉とにわかれた、この自然現象を解く知識が添田はないので、いろんなふうに妻を相手に言ってみた。坂は東西だから、並木はだいたい平均して日光を受ける、ただ朝日と夕日とのあたり方は東下と西上とで微妙な差異があろう、またこのところ強くは吹かぬにしても東風と西風とはどうなのか、などとたよりない話なのだが、添田は坂のまわりの地形を案じて目をつぶってみたりもした。住みなれた土地で、地形は目をつぶるまでもなくわかっている。しかし、落葉との関係は知れない。

「いずれにしろ、銀杏の葉はなにかで敏感に散る種類かもしれないね。」

こういう夫を、幾子は機嫌のいい時と思った。そして、自分の話を持ち出した。

「今日、まあ、いやなことなんですけれど、優子の人のよさにおどろくようなことがあったんですよ。お嫁入りが近づいて、なお人がよくなってるのかもしれませんから、今、優子がもどっても、お怒りにならないでね。」と、先を制した。

午後、幾子が女中をつれて買いものに出て、娘の優子一人の時だった。

日のあたる廊下へ椅子を出して、カアデガンを編んでいるところへ、

「お嬢さん、あちらのお化粧品や石鹸《せっけん》や、いい毛糸がありますよ。なにか買って下さい。」と、女の声がした。女がすぐ近くに立っているのに、優子はびっくりした。門からは花ざかりの山茶花《さざんか》[2]の生け垣、そして玄関の脇に木戸だが、あいていたのか、低いから女が自分であけたのか、いきなり庭へはいってきていた。しかし、若い女が赤ん坊を背負っているのを見て、優子の警戒心はゆるんだ。女の日やけした顔は少しむくんでいるようだが、髪は割と整えていた。小太りの小柄で、地味な色の口紅を濃く

2 山茶花　ツバキ科の常緑小高木。晩秋のころ白い花をつける。

つけて、円顔に弱い微笑を浮かべていた。やや大きめの風呂敷包みをさげていた。押し売りの凄《すご》みなどないが、やはり優子は、

「毛糸はここにもあるから、いらないわ。」と、落ちつかぬ、おかしな答えをした。

「その毛糸より、私の持ってるのがいいと思いますよ。」

女は飛び石を渡ってきて、沓《くつ》脱ぎ石の上に立つと、ぶしつけに優子の毛糸をのぞいて、手でつまんでみた。それにはなんとも言わないで、庭を振り向いた。

「いい庭だねえ。こんな家に落ちついて住める身分になりたいよ。」

「なにも買えないけど、赤ちゃんをおろして、少し休んで行ったら。」

「そうですか。」と、女は風呂敷包みを廊下へ置くと、ためらわないで、背の赤ん坊をおろした。

「きれいにしてあるのにすみませんね。」

おしめの匂いがした。

「こうやって歩いてると、乳を飲ます場所にも、苦労するもんでね。」

「可愛《かわい》いわ。何カ月ぐらい。」と、優子は椅子から見下ろした。

「十一カ月。わが子は荷にならないなんて言うけどね、一日おぶって歩くのには、重

い荷物ですよ。」

若い女はセエタアの下を持ちあげると、下着を横にずらせて、乳房を赤ん坊にふくませた。少し青みがかった女の乳房はたっぷりしていた。よく出るとみえて、赤ん坊は時々むせた。唇の端から白い乳が流れた。優子は近づいて、その唇を指で拭いてやった。乳を吸うたびに赤ん坊の咽《のど》が動くのが可愛くて、優子は女の張った乳房が大きく目にはいるのを、なんとも思わなかった。女もいっこうにはにかまない。

「おしめもここで、取りかえさせてもらっていいですか。」と、女はうかがった。「やさしい人のいる家って少ないもんだよね。」

優子は女のすることをながめていて、それが終わると、赤ん坊を抱き上げてみた。赤ん坊のやわらかい肌に触れると、優子の手指は愛を感じ、しばらく放せなかった。

「お宅に小さい人はいないんだろう。」と、女は言った。

「そう。」

「お嬢さん一人？」

「兄がいるわ。」

「結構ないい暮らしですねえ。わたしみたいなものも、ここにいると落ちついちゃう。」と、女は庭をながめた。

優子は赤ん坊の父のことを聞いてみようとしたが、よけいなことだと思った。

女は飛び石づたいに生け垣のそばへ行って、山茶花の匂いをかぐように見て歩いた。

「よく咲いてるねえ。」

どういう気で山茶花を見ているのかと、優子は小太りに低い女の後ろ姿がさびしくなった。

優子は赤ん坊を抱いたまま茶の間にはいって、財布を持ってきた。母といっしょに使う、いわば台所用の金入れだった。

「どんな毛糸を持っているの?」

「お嬢さん、休ませてもらっただけでいいんですよ。」と言いながら、女は無造作に風呂敷包みをひろげた。毛糸はブルウと薄いピンクと二束しかない。優子はピンクを買った。

そのあいだ、赤ん坊はなにかわからぬ声をあげて、廊下をはいまわった。

「よろこんでるんだよ。広いところに放されて気持ちがいいから。」

もう赤ん坊はビスケットを食べられるかとたずねてから、優子は奥へ立っていって、

すぐにもどると、女は帰り支度に赤ん坊を背負っていた。小さい紙包みのビスケットをおしいただくように、

「お嬢さん、ありがとう。よそさまの家から家へ歩いて、やさしい顔はめったに見られないですよ。」と、少し赤みの出た顔をかくした。

「お嬢さん、また来ます。いいものがあったら、きっと持ってきます。」

優子は女を見送ると、買ったばかりの毛糸を膝においてさわってみながら、赤ん坊の肌ざわりを思い出していた。それから生け垣の山茶花に目をやった。毎日見なれていて、咲き盛りなのを知らなかったようだ。不思議なほどたくさんの花がついている。それにしても、あの女はどんな気で山茶花に近づいていってみたのだろうと、優子はまた思ってみた。女の身なりにかかわらず、優子の膝に残ったピンクの毛糸はむろん真新しい。

財布をどうしたかと、優子が気がついたのは、しばらくしてからだった。廊下のどこにもなかった。ビスケットを取りにはいった時、茶の間の整理簞笥《だんす》にもどしたかとさがしてみたが、どの引き出しにもなかった。庭にも落ちていなかった。

——そんな話を、幾子は添田にして、

「優子は盗まれたと思わないんですよ。」と言った。「赤ん坊が廊下を這《は》っているうちに、つかんだんだろうと言うんです。子供が財布を握っているのを、母親は気がつかないで、そのままおぶっていったのでしょうって。そうだとすると、財布は子供の手から放れて、そこらの道ばたに落ちたにちがいない。赤ん坊は長いあいだ持っていないでしょう。優子は坂の下のほうも坂の上のほうも、ずうっとさがしにいったそうですよ。」

しかし、見つからなかったことは、幾子の話しぶりで添田にもわかった。

「赤ん坊が道ばたに落としたのなら、きっと誰かが拾ったんだろうと、優子は言うんです。」

「その女を疑わないの？」

「むろん疑ったでしょうけれど、疑いたくなかったんでしょう。悪いことをしそうな人とは、どうしても考えられないと言うんです。もし、荷物をしまう時に、気がつかないで、財布も風呂敷に包みこんでしまったのなら、女は返しにくるにちがいない。今にもその人が駆けてもどりそうな気もして、優子はわたしが帰るまで、落ちつけないでいたようです。返しにもどらないところをみると、赤ん坊が握っていて落としたと、優子は思うらしいんですから。」

優子を叱るなと、添田は前置きされていたので、この盗難にたいして、あわてた意見は言わなかった。優子が言う通りに、盗難ではなくて、赤ん坊の無心なしわざでないとは限らない。赤ん坊が握っていて落としたとは、うまく考えたものだと、添田も和らぎを与えられた。

「いくらはいっていたの？」

「毛糸を買ったから、二千と六、七百円でしょうか。」

添田は五千円札が出はじめのころ、暗がりでタクシイをおりる時、千円札とまちがえて渡してしまったことがあるのを思い出した。千円札としての釣り銭をくれた運転手が、五千円札と知っていたかどうか、添田は運転手の様子を疑ってみていたはずもなかった。添田は自分も気がつかなかったように、その時は運転手も気がつかなかったという考えに傾いたものだ。

この五千円札の話は、その時、幾子にもしらせたが、今は言わなかった。

「優子は盗まれたことがなかったかね。」

「盗まれたことって、優子のものを人に取られたことですか。」と、幾子は言い直してみて、「そうですねえ。優子のものをねえ。思い出せませんわ。ないんじゃないかしら。」

優子の急ぎ足にもどるのが聞こえた。

「よく見てきました。」と、茶の間にはいって言った。「お父さまのおっしゃるほど正確じゃないけど、不思議だわ。」

「なにが正確でないんだ。」

「裸になった木と葉のある木と、坂の真ん中を境に、そうはっきりわかれていないんです。下のほうの木のうちにも、少しは葉の残ってるのがあるし、上のほうにも葉のずいぶん落ちた木もあったわ。」

「一本一本、調べてきたのか。」

「そう。月が出て、星も少し見えました。」と、優子は添田の顔を見たまま、「お父さま、財布のこと、お聞きになった?」

「聞いた。」

「すみませんでした。」と、あやまられて、添田はとっさに言葉の出ないうちに、優子がつづけて、「今日は二度、坂を歩いたでしょう。昼間は財布をさがして下ばかり見て、夜は上ばかり、月まで見て。」

添田はちょっと笑った。

「昼間も、こんなに葉が落ちてると思ったんですけど、頭の上の枝が裸になってるのは気がつかなかったわ。」

「前にも、こんなことがあったかしら？　坂の下のほうだけ先に葉が散ったかね。」

と言う添田の問いに、幾子は、「さあ。」と、首をかしげるだけだった。

長年この銀杏並木のそばに住みながら、毎秋こうなのか、三人とも思い出せない。

「頼りないものだね。」と、添田はつぶやいた。

「来年からは気をつけていましょう。」と幾子は言って、その来年の秋はもう娘がうちにいないと、さびしさに突きあたった。

「京都の伸一に手紙で聞いてみましょうか。あの子は山登りして、植物のことも好きだから、気がついてるかもしれませんよ。」

「明日、並木の写真を撮って送ろうかしら。」と、優子は言った。

あくる朝は、幾子も改めて並木を見るために、坂の下まで添田を送った。優子も出てきて、先に走っておいては、並木の写真に二人を入れたりした。まったく珍しいことだった。

それから三日後の夜ふけに、木枯らしが吹いてきた。十二月にはいっていた。添田と幾子は寝床で風の音を聞いて、明日の朝は、坂の上のほうの銀杏もおおかた葉がなくなっているだろうかと話し合った。

「うちの庭にも、またいっぱい散ってきますね。」と、幾子は言った。

「これは掃かせられるから、毎年のことを、よくおぼえていますよ。」

木枯らしにざわめく木の音は、銀杏の並木にちがいなかった。銀杏の葉が屋根に舞い落ちる微《かす》かな音もあるかのようなないかのようだった。

「いい時に、優子は写真を撮っておいてくれましたね。伸一が冬休みに帰ったら、見せられますもの。あの子も気がつかなかったって言うんですから。」

幾子が風の音で、息子を思い出しているのだと、添田にはわかった。幾子の手紙にたいする伸一の返事も、今朝着いていた。並木の銀杏の落葉の次第はよく知らないと、書いてあった。

添田は自分の発見したもののような、銀杏並木の半ば裸木、半ば黄葉という、その残りの黄葉が、夜の強い風で散りつくしつつあるのが、寒い首筋に感じられた。幾子の言うように、写真で伸一に話そうか。

伸一は一家の反対を押し切って、京都の大学へ行ってしまったのだった。東京に多い大学を避けた理由が、添田には納得できないままだ。京都や奈良《なら》の古い日本が好きで、一生のうち、思うように見られるのは学生時代だけだと言い張ったものだ。

家を離れてみたかったのではなかろうかと、添田は今の木枯らしのなかでも、また、あてもなく疑っているうちに、幾子のちょっとした性質が頭に浮かんできた。秋の果物が店に出盛ると、幾子は色の好き嫌いで買ったりする。たとえば赤い林檎《りんご》の色は好きで、蜜柑《みかん》の色は嫌いである。蜜柑も食べるし、果物屋に積みあふれない季節に、少しのところを見ると、この好悪は出ないらしい。胡瓜《きうり》なども八百屋の店に盛りあがるころは、軽い恐れを感じて、よう買わなかったりする。思いがけぬ潔癖を現すこともある。添田が忘れられないのは、十五年余りも前だが、新聞紙の上で足の爪を切ったのに、後で畳に落ちていた爪屑《つめくず》を、幾子が一つ拾って、ひどくきたながった時だ。添田も腹を立てて、

「なんだって、人間の体の一部が体を離れたら、きたないさ。接吻《せっぷん》していて気がつかないけれど、唾を吐いて飲めと言われたら、恋人のだっていやじゃないか。」と、例

えも悪かったが、その言葉に、幾子が二月ほどこだわっていて、添田は困ったものだった。

なにかそういう性質が、息子の伸一に伝わっていないだろうか。伸一も片意地ではあるが、胡瓜の山積みをこわがるようなところはないと、添田は考えた。娘の優子はなおさら、そんなところはない。そう思うのとはつながりもなく、一つの優子の姿が、添田に浮かんできた。中学生の優子が友だちと二人で絵をかくのをやめて、お互いの両手の爪に赤い絵の具を塗り合っている姿だった。その優子をはっきり描き出そうとして、添田は風の音も忘れた。

「あなた、なに考えてらっしゃる? 眠れませんね。」と、幾子が言った。

「そっちはなにを考えてたんだ。」

「京都の伸一の下宿の小母《おば》さんのことですよ。」

その人の話は、幾子が去年、伸一に会いかたがた京都見物をして帰った時、添田も聞かせられていた。

「七つの時に、お祖父《じい》さんのお骨を墓へ納めにいくと、お母さんがなんと思ったか、お前はよそへお嫁に行くんだから、この墓へははいれない、と言ったのが、小さい子供心には、無性にさびしかったけれど、この分では、その田舎の墓へはいれそうです、なんて、小母さんは笑ってました。」と、幾子が言ったのも、添田はおぼえている。

幾子よりも十も若い、その小母さんは、戦死した夫の子供がなかったものだから、実家に六、七年帰っていて、三人子供のあるところへ再婚した。子供好きなので、下の男の子二人はすぐになついて、横に寝させてもらうのを争ったほどだが、十一になる上の女の子がむずかしかった。ふだん使いはない部屋に置いた古簞笥を、夫に言われて、あけてみようとしていると、女の子がうしろからきつく腰を突いて、

「いやや、いやや。これ、うちの母ちゃんのや。母ちゃんがうちに、みんなくれる言うてやはったんや。さわったら、あかん。」と、泣き出すというふうだった。継母はその子との折り合いにつとめたけれども、結局出てしまった。そして、今は京都で五間の家を借りて、学生を置いているのだった。

幾子が眠れないで、その小母さんのことを考えていたというのは、息子のことからはじまって、女の自分や優子の身を考えてみていたのではなかろうかと、添田は思いながら、

「今夜京都にも、こんな風が吹いてるとは限らないよ。」

「そうね。」と、幾子も気を変えたように、「明日の朝はまた三人で、銀杏の葉がどうなったか、見にいくんでしょうね。」

「みな散ったかもしれない。」

朝になって、幾子の言った通りに、三人で坂に出てながめた。一夜の木枯らしは銀杏並木を、みすぼらしい姿にしてしまった。坂上のほうの木には、まだ葉が残っていたが、薄くまばらで、かえって寒々しかった。しかも、葉を残した木のあいだに、葉を散りつくしたような裸木があったりして、添田の発見した、不思議な二分を崩していた。下のほうの裸木の列が立派に見えたのも、上のほうに黄葉の木の列を背景にしていたからだった。また、下のほうの裸木にも、わずか数えられるほどの葉が残っていたりした。その黄葉は枝へ蝶《ちょう》がとまったようにふるえているのを、添田は気がついた。

解説

作者について――川端康成

中村良衛

川端康成と聞いてすぐに思い浮かぶのは、あのオールバックの髪型にぎょろりとした眼の印象的な容貌と細身の体軀、そして何よりも日本人初のノーベル文学賞受賞者ということであろう。昭和四三年、湯川秀樹《ゆかわひでき》、朝永振一郎《ともながしんいちろう》に続く、三人目の日本人受賞者になったことは、それが二十名以上となった現在では想像がつかないほどの大きな出来事であった。

ちなみにその受賞理由は、“for his narrative mastery, which with great sensibility expresses the essence of the Japanese mind”（日本人の心情の本質を非常に繊細に表現した、その叙述の卓越さに対して）であり、これが川端の積み上げてきた業績の正当な評価であることは言うを俟たないが、しかしそれを言い尽くしているわけでは必ずしもなく、この重い評価が、逆に、その業績を規定し、イメージを固定化している面が見られなくもない。さらに歳月の流れは不協和音的な要素を浄化し、受け入れやすいイメージだけが流布し続けることになる。

川端康成は明治三二年六月一四日、大阪市天満《てんま》此花《このはな》町（現・北区）に医師川端栄吉とゲンの長男として生まれた。上に長女芳子。その翌々年一月、二歳の時に父が肺結核のため死去。これをはじめとして、三歳で母を、七歳で祖母を、一〇歳で姉を、そして一五歳で祖父を喪う。この時の記録が後に「十六歳の日記」（大正一四年、発表時は「十七歳の日記」）として発表されるが、肉親の死を悼む思いより、それを見つめる冷徹なまなざしが特徴的である。大阪府立茨木中学に通っていた川端は、「孤児根性」ゆえの「憂鬱」を抱えながら、母の兄である黒田秀太郎に引き取られ、寄宿舎生活を経て大正六年三月に中学を卒業、上京し、同年九月、第一高等学校文科乙類（英法）に入学。同級に、文学活動を一緒に行うことになる石《いし》浜金作《はまきんさく》、酒井《さかい》真人《まさと》、鈴木《すずき》彦次郎《ひこじろう》や、江戸文学研究者になる守随憲治《しゆずいけんじ》などがいた。

大正七年一〇月、一人でふらりと伊豆へ旅行し、旅芸人一行と道連れになった。『伊豆の踊子』はこの時の体験に基づく。出会いの中で「孤児根性」の「歪み」がやわらかく矯められ、「いい人」として受け入れられていくことで「この世との和解」（竹西寛子《たけにしひろこ》）が果たされる。大正九年七月に一高を卒業、九月、東京帝国大学文学部英文学科に入学。既に中学時代から作家を志していたが、その実現に向けた活動を始めていく。

大正一〇年二月、第六次「新思潮」を創刊。東大生が出す雑誌として続いていたこの雑誌の継承権を持っていた菊池《きくち》寛《かん》と接触、その了解を得て、石浜、酒井、鈴木らに今東光《こんとうこう》を同人として発刊した。その第二号に掲げた「招魂祭一景」が久米《くめ》正雄《まさお》、小島《こじま》政二郎《まさじろう》らに賞賛され、川端にとっての出世作になる。大正一一年、国文科に転科。大正一二年、菊池寛が「文藝春秋」を創刊、長く交友を続けることになる横光利一《よこみつりいち》らと共にその編集同人になる。大正一三年三月に辛くも大学を卒業し、文芸時評や通俗的な中間小説を書いて生活費を稼ぎながら、一〇月に横光、今東光らと「文芸時代」を創刊。「文芸戦線」などのプロレタリア文学のうねりに対抗するかのように、それぞれ小規模の同人雑誌で活動していた新進作家を糾合したもので、彼らは「新感覚派」(千葉亀雄《ちばかめお》)と呼ばれた。川端は「創刊の辞」を執筆、その後も編集を主導すると共に、「伊豆の踊子」(大正一五年)や、「掌の小説《てのひら》」と総称され、晩年まで書き継がれることになる、独自の感性や感覚を発揮した短編を発表していった。

大正一五年六月には、掌の小説三十五編を収めた『感情装飾』を最初の著書として刊行。私生活でも変化があり、菅忠雄《すがただお》宅に手伝いに入っていた松林秀子《まつばやしひでこ》と事実上の結婚生活を始めた(入籍は昭和六年)。

時代は大正から昭和に移り、川端は、作家としての地歩を固めていく。昭和二年三月、『伊豆の踊子』刊行。この以前、湯ヶ島に長く滞在し、梶井基次郎《かじいもとじろう》と知り合うなどしていたが、この年四月に東京に戻る。が、一一月には熱海に移り、その翌年には大森に暮らすなど、住まいはめまぐるしく変わる。この間、「文芸時代」が終刊する(五月)が、昭和四年には新たに「近代生活」（四月）、「文学」（一〇月）の同人となる。同じ頃、上野桜木町に移り、浅草のカジノ・フォーリーに通い、一二月「浅草紅団《くれないだん》」の連載開始。

昭和六年、カジノ・フォーリーから梅園龍子《うめぞのりゅうこ》を引き抜き、バレエを習わせ、自らも舞踊への関心を高める。『雪国』の島村が舞踊評論家として設定されているのはこの反映。同年入籍した秀子との間に子ができなかったこともあってか（昭和一八年に従兄の娘政子《まさこ》〔麻紗子とも〕を養子にする）、この時期、犬や小鳥などの小動物を多数飼い、これは『禽獣』（昭和八年）につながる。また文芸時評を盛んに書いていたのもこの時期である。

ちなみに、川端はまず文芸時評によって名を知られたといってもいいので、大正一一年の「創作月評」以来、有名無名を問わず、作品一つ一つと丁寧に向き合う姿勢は、「読み巧者」として定評を得た。昭和一〇年に創設された芥川賞の銓衡委員を任され、晩年まで続けたのもその評価あればこそであり、また新人作家を見出すことにもつながっていく（綴り方の選考などにも携わっていた）。その目配りの公平さは、北条民雄《ほうじようたみお》や岡本《おかもと》かの子など、当時、社会的弱者と見なされた存在の中から才能を見出したことからも窺える。三島由紀夫《みしまゆきお》もそうして発掘された一人。芥川賞にこだわった太宰治《だざいおさむ》が川端に依頼や抗議の書簡を送ったのも、こうした彼の立場があったからである。

経歴に戻る。昭和八年二月、「伊豆の踊子」が五所平之助《ごしよへいのすけ》監督で映画化。以後、「伊豆の踊子」が六回、「雪国」が二回、他に「山の音」「古都」など、川端の作品は数多く映画化される。一〇月、文芸復興のさかんな機運の中で、小林秀雄、林房雄らと「文学界」を創刊。この雑誌は昭和一一年から文藝春秋社の発行となって現在に至るが、先に触れた北条民雄「いのちの初夜」や岡本かの子「鶴は病みき」、さらに下って中島敦《なかじまあつし》「古譚」などがこれに掲載された。

昭和九年、文芸懇話会の会員となり、年末に越後湯沢に旅行。翌年、これに材を取った「夕景色の鏡」「白い朝の鏡」を発表、ここから十年以上にわたって『雪国』が書き継がれることになる。この年の一二月に鎌倉に転居、以後死去まで鎌倉に暮らす。

昭和一一年一〇月に『小説の研究』を刊行、翌昭和一二年六月から「乙女の港」を「少女の友」に連載するが、前者は伊藤整《いとうせい》、後者は中里恒子《なかざとつねこ》の代筆である。これは新人育成の面もあるので（川端自身も菊池寛の代筆をしていた）、非難されるべきではない。なお川端は「令女界」「若草」「新女界」など、読者層の限定される雑誌にいわゆる少年少女小説を少なからず発表していた。

昭和一二年六月、最初の『雪国』刊行。文芸懇話会賞を受ける。この年、日中戦争が勃発。

昭和一三年日本文学振興会が発足、理事長は菊池寛で、川端は理事の一人となる。これは現在も芥川賞や直木賞などの選考・授賞を行う公益財団法人として存続している。

昭和一七年八月、島崎藤村《しまざきとうそん》、志賀直哉《しがなおや》ら先輩作家に声をかけ、同人誌「八雲」を創刊。戦時中にあって文芸を守ろうとした試みであった。この前年一二月から、戦死した兵士らの文章を紹介する「英霊の遺文」を連載するが、これをもって戦争協力とは言いがたいだろう。いったいに川端の戦争への関わりは希薄である。

昭和二〇年、久米正雄を中心に、鎌倉に住む文士が本を持ち寄って始めた貸本屋鎌倉文庫が、終戦後、出版業に乗り出した。川端は副社長格で、翌年そこから創刊した「人間」の編集や原稿依頼に携わる。

昭和二二年横光利一死去。翌年には菊池寛が死去。他にも友人先輩の死がこの時期続き、川端はその弔辞や追悼文により自作を以て「葬式の名人」と呼ばれたりもした。

昭和二三年六月、志賀直哉の後を受けて四九歳で日本ペンクラブの会長に就任。以後昭和四〇年までの十七年にわたってその任にあった。なおこれは太宰が入水自殺を遂げた月でもある。一二月には完成版『雪国』を刊行。最初の発表から十二年が経過していた。

昭和二四年「千羽鶴」「山の音」の連載開始。『雪国』をはじめ、川端の作品には分載されたものが多い。結果、個々の凝縮度は高いが、全体の展開を把握するのに難渋するという事態が生ずる。プロットで読ませることを拒絶していたといってもいいかもしれない。「掌の小説」を書き続けていったこととこれは通底する執筆姿勢であろう。『千羽鶴』は昭和二七年に芸術院賞を、『山の音』は昭和二九年に野間文芸賞をそれぞれ受賞している。

昭和三一年、サイデンステッカーが『雪国』を英訳。昭和三二年、東京で国際ペンクラブを開催、昭和三三年、国際ペンクラブ副会長となる。これら一連の出来事もあって、川端の作品は広く世界に読まれるようになっていく。「眠れる美女」の連載が始まった昭和三五年にはフランス政府から芸術文化勲章を贈られる。この年、アメリカ政府の招きで渡米、また国際ペン大会出席のためサンパウロを訪れるなど、世界を飛び回っていた。時に川端は六二歳である。

昭和三六年一〇月から「古都」を連載、一一月、文化勲章受章。昭和三七年二月には睡眠薬の禁断症状のため一時入院。睡眠障害は彼の宿痾であった。昭和三八年八月、「片腕」の連載開始。文庫本で四十ページに満たない長さながら、これを翌年一月までの五回分載とするのが川端である。

昭和四〇年には川端原作の「たまゆら」がＮＨＫの朝の連続小説として放映される。この年、日本ペンクラブ会長を辞任。これだけ長期にわたって会長を務めた例はない。

昭和四三年、参議院選に出馬した今東光を応援し話題となるが、それ以上の話題となったのが、ノーベル文学賞受賞である。川端の業績が評価されたことはもちろんだが、それが多く翻訳されていたこと、そして、この賞を真に世界的なものとすべく、アジアにも受賞者を広げようという思惑が授賞側にあったことも記憶しておくべきだろう。結果、冒頭に触れたように、ことさらに「日本人の心情」が言挙げされ、川端が受賞記念として「美しい日本の私――その序説」と題する講演を行ったことも手伝って、あたかも「日本」を描いた作家の代表のように見なされることになった。それだけに、昭和四五年に割腹自殺を遂げた三島由紀夫の、翌年一月に行われた葬儀で委員長を務めたことはさておき、同年三月、東京都知事選に立候補した秦野章《はたのあきら》の応援に立ったことは人々を驚かせた。が、川端の中には奇異を衒う思いも、矛盾もなかったはずである。

昭和四七年四月一六日、仕事のために借りていた逗子マリーナマンションでガス自殺しているのが発見され、人々をさらに驚かせた。享年七三。葬儀は芹沢光治《せりざわこうじ》良《ろう》が委員長となり、ペンクラブ、文芸家協会に加え、創設に関わり名誉顧問を務めていた日本近代文学館の三つの団体葬として行われた。今東光によってつけられた戒名は「文鏡院殿孤山康成大居《ぶんきょういんでんこざんこうせいだいこ》士《じ》」。葬儀では親交のあった佐《さ》藤栄作《とうえいさく》総理らが弔辞を読んだ。

永遠の旅人——川端康成氏の人と作品

三島由紀夫

一

数日前の新聞によると、川端さんは又、ペンクラブ代表で渡欧されるのを中止されたらしい。毎年、年中行事のように、川端さんがペンクラブ大会へ出席のため、外国へ行かれるというニュースがつたわる。それからしばらくして、これ又年中行事のように、それが中止されたことが報ぜられる。一般読者には何のことかわかるまい。

しかし奇抜なのは、川端さん御自身にもわかっていないらしいことで、何度か私は、

「今年はいよいよいらっしゃいますか」

ときくのだが、

「さあ、わかりませんねえ」

という返事に接するだけである。ギリギリの時でもそうなのである。そして結局、川端さ

ん自身の意向で、中止と相成る。

私は大体、本当に外国へ行くことの必要な文士は、是が非でも行く運命になるという説の持主で、何か支障が生じて行けなかった文士は、その実、本当に外国へ行く必要のなかった人だという考えだが、この説はどうも川端さんにぴったり当てはまりそうに思える。しかしこの場合私の問題にしているのは、そのことではなく、渡欧及び中止という経過が川端さんをめぐって起るそのいきさつ、及びこうした経過の川端さんに関する一種の法則性なのである。

川端さんの生活、芸術、人生万般がすべてこのデンなのである！　一体川端さんが本当に外国へ行きたいのか、行きたくないのか誰も知らない。川端さん自身も御存知ないことを、誰が知りえようか？

私のようなセカセカした、杓子定規の、何事も計画的に物を運ばなければいられぬ男から見ると、川端さんは一つの驚異である。神様は人間を作るのに、庭を作るように、いろいろな対比を考えてたのしみながら作り、そのためにこんな極端な性格上の対比が生れたのだろう。東洋流に云うと、私のようなのは小者であり、川端さんは底の知れない、つかみどころのない、汪洋《おうよう》たる大人物である。

しかし川端さんのことを、「肚《はら》のできた人物だ」とか「大度量の人物だ」とかいうのをきくと、又してもそぐわない気持が起る。こういう性格類型から、すぐわれわれは西郷隆盛のタイプを想像してしまうからである。しかるに川端さんは痩軀《そうく》の上に、あの神経的な風貌をもち、西郷隆盛とは似ても似つかない。一方にはわれわれは、近代的末梢神経の病的な鋭敏さというのやら、古美術蒐集家の繊細な美意識というのやら、世俗に流布されている多くの偏見を以て川端さんを見ており、事実川端さんの作品は、豪宕《ごうとう》で英雄的な作品とはいえず、繊巧でおそろしいくらい敏感な作品である。

川端さんという人物の独自さは、こういう不可思議な混合された性格にあるので、それでは氏の生活と作品が全く別物かというと、それが又共通した一本の糸がとおっているからますますふしぎなのである。あの繊巧な作品にも、随所に、投げやりな、大胆きわまる筆触を見出《みいだ》すことができる。

二

川端さんを冷たい人と云い、温かい人と云い、人によってまるでちがった評価をしているが、ごく世俗的な意味で温かい人というなら、氏は温かい義俠的な立派な人でもあり、窮境にある者に物質的援助を与えたり、就職の世話をしたり、恩人の遺族の面倒を見たり、その種の美談は氏の半生に山積している。そういう人から見れば、氏は幡随院《ばんずいいん》長兵衛のようにも、清水次郎長のようにも見えるであろう。そしてそういう行為をする氏に些かの偽善の匂いのないことも氏の特質である。現に私が外遊する際にも、川端夫妻がわざわざ拙宅を訪ねられて、激励され、私は心細い一人旅の門出に、どれだけ力強い思いをしたかわからなかった。

しかし一方、ごく世俗的な意味で温かい人の備えている過剰な親切心、うるさい善意の押売、こちらの私生活にどんどん押し入ってくる態度、そういうものが氏には徹底的に欠けている。私は十年間も氏に親炙《しんしや》しながら、ついぞ忠告らしい忠告をいただいたことがない。尤《もつと》も私に忠告をしても、どうせ言うことをきくまいから、ムダだと思っていられるのかもしれないが。……氏は下戸であって、酒呑みの粗放な附合をされぬことも一因だが、私はこの十年間に、一度も、氏から半強制的に「附合え」と命ぜられたことがないのである。町でパッタリ会っても、若輩の私のほうから、お茶にお誘いするくらいだ。

世間的な、「一杯行こう」とか「附合のわるい奴だな」とかいう生き方をしている人から見れば、こんな川端さんが冷たく見えるのは当り前であろう。私だって、時には氏が、何か陽気の加減で、バカげた相談事をもちかけて下さるのを期待していないではないが、まあそんなことは金輪際あるまい。

或る人が言うのに、

「小説家のお供をして旅行に行くなら、川端さんに限る。あんなに一緒に旅行をして、気骨の折れない人はない。事務的に実に親切だ。それ以外では、完全に放りっぱなしにしてくれる」

この人の言が真実だとすると、川端さんの人生は全部旅であり、氏は永遠の旅人のようにも思われる。人生の一角に腰をすえてかかろうとするから、つい、隣り近所へ恩を売ったり老婆親切を振舞ったりしたくなるのである。それならいつも旅に出ていれば、川端さんのような生活態度をとれるかというと、そうでもなく、旅に出ればますます周囲をうるさがらせる人物は数多い。

それにしても、他人に対して、どんな忠告も不要と考える境地に、われわれはなかなか到達することはできぬ。理論的にはあらゆる忠告はエゴイズムの仮装にすぎまいが、われわれは人の忠告に対して又ぞろ、「忠告なんてエゴイズムの仮装にすぎないじゃないか」と忠告しかねない。忠告というような愚劣な社会的連帯の幻影を打ち砕けば、しかし、他のあらゆる幻影も打ち砕かれて孤独になってしまうという恐怖がわれわれには在る。

川端さんを「孤独」と呼んだり、又別の見地から「達人」と呼んだりする伝説が、ここに生ずる。もちろん製作に孤独は必要だが、力強い製作の母胎をなすような潑剌たる孤独は、のんべんだらりんとした惰性的孤独感から生れるものでもない。プルウストはコルク部屋に己れをとじこめながらも、ときどき毛皮の外套を着て、仲間の文士の顔を見に行った。まして川端さんは、シンが丈夫なたちで、持病もなければ、めったに風邪も引かれない。人が思い描くような慢性的孤独の中で、世間をあきらめたような顔をしていられるわけがないのである。

川端さんは実によく出かけられる。ポオの「群集の人」ではないが、人の多く集まるところに、川端さんの「孤独な」顔を見出すことは珍らしくない。何が面白いという表情をしていて、そのくせ好奇心の旺盛なタイプに、正宗白鳥氏と共に、氏を数え入れてよいかもしれない。例の鎌倉文庫時代には、精励恪勤《かっきん》の重役として、チャンチャンと社へ顔を出し、食が細くて、一時にたんと上れないところから、小さな弁当を四度にわけて喰べておられた。もう弁当の要る時世ではないが、ペンクラブの例会にも欠かさず出席され、その種々雑多な外部との折衝にも立会っていられる様子である。

一二度川端さんと、待合せたことがあり、時間の正確なのにおどろかされたが、一方、すべてがビジネスライクかというと決してそうではない。

お若い時分、家主のおばあさんが家賃の催促に来ると、黙っていつまでも坐っているだけで、おばあさんを退散させたというのは有名な話だが、氏の私生活には、今もあんまり計画性というものは見られない。昔、新進作家時代から、大きな家に住むのがお好きで、熱海に大邸宅を借りられたが、お客が泊るとなると、あわてて奥さんが貸蒲団屋へ走ったなどというのも、たとえ作り話にしても、いかにも川端さんらしい挿話である。一時は、本宅は貸家で、軽井沢には、持家の別荘を三軒もっておられたそうだ。こんな人はそう数多くあるまい。骨董屋なども、氏にかかっては、いろいろ苦労をするだろうと思われる。

就中《なかんずく》ふしぎなのは、氏が来客のために割いている時間である。ほとんどお客を断らない氏のことであるから、在宅の折には、編輯者、若い作家、骨董屋、画商などの、数人、時には十数人の来客が氏をとりまいている。私はたびたびお訪ねして、その末席に連なったが、立場もちがい、用件もちがうそれだけの人の間で、主人側がどんどん捌いてゆかない限り、話題の途絶えてしまうことは当り前である。一人が何か喋る。氏が二言三言答えられる。沈黙。又誰かの唐突な発言。又沈黙。……こうして数時間がたって了う。

私は大体気短かで、人の沈黙に耐えられないタチだが、世間には気の長い人があって、相手が黙っているほど楽であり、黙っている人の相手をしている分には、ちっとも疲れないという人がある。川端さんは大体このタイプに属し、何か別のことを考えておられて、あまりお疲れにならぬらしい。だから川端さん係りの編輯者もそういう人が最適であり、何時間でもぼんやり沈黙の雰囲気をたのしむ人でなければならぬ。川端さんが、来客の大ぜい待っている客間へ出て来られて、その中の誰に最初に話しかけられるか、ということについて、或る人から聞いたが、必ず若い女性が優先するのだそうである。

初対面の人に対する川端さんのとっつきの悪さは有名である。黙って、ジロジロ見られるので、気の弱い人は冷汗を拭うばかりである。或る若い初心の編輯嬢が、はじめて氏を訪ねて、運悪く、あるいは運よく、他に来客はなかったのだが、三十分間何も話してもらえず、ついにこらえかねて、ワッと泣き伏した、などというゴシップがあるくらいである。

客の中に骨董屋がいて、川端さんのお気に入る名品などを持って来た場合には、氏はそれに没頭して了われて、骨董のコの字も知らない連中までが、ひたすら氏のうしろ姿と古ぼけた名画とを鑑賞しなければならぬ羽目になる。はじめ氏は私を買いかぶっておられたのか、いろいろ所蔵の名品を見せて下さったが、一向私が関心を示さないので、このごろは諦めて、見せて下さらなくなった。

新年の二日には、川端家では賀客を迎えるならわしである。戦後はじめてその席に連なったとき、皆の談論風発のありさまを、一人だけ離れて、火鉢に手をかざしながら、黙って見ておられる川端さんに向って、故久米正雄氏が、急に大声で、

「川端君は孤独だね。君は全く孤独だね」

と絶叫するように云われたのをおぼえているが、そのとき私には、川端さんよりも、当の賑やかな久米氏のほうが一そう孤独に見えたのであった。私には一つの確信があるのだが、豊かな製作をしている作家の孤独などは知れている。

私が長々と、氏の客に接する態度などに触れたのは、川端さんは一体時間が勿体《もったい》なくないのかしら、という当然の疑問からであった。ビジネスの部分をもっと整理すれば、私生活の時間がいくらでも割けるのが、作家の特典だと思っている私である。それが又、ビジネスの相手の利益にもなることは勿論《もちろん》である。しかし川端さんの生活態度は、やはり冒頭にのべたあの法則に則っているのである。成行まかせとしか云いようのないこういう態度、一面から見れば、生活蔑視の態度については、後段で整理するつもりで書き進む。

しかし氏の人に接する態度で、つくづくたのしそうな面も見られないではない。それは戦後俄《にわ》かに盛んになった外国人との交際の場面である。氏ほど西洋人を面白がって眺めている人はめずらしい。西洋人の席にいる氏を見ていると、いつも私はそう思うが、それはほとんど、子供が西洋人を面白がってしげしげ眺めているあの無垢な好奇心に近づいている。

占領中米国大使館にミセス・ウイリアムズという面白いおばあさんがいて、この人が日本語がまるで出来ないくせに川端さんの大ファンになり、氏もよく附合っておられた。ミセス・ウイリアムズは、文学などわかる人ではなく、日本で云えば天理教信者と謂《い》ったMRAの狂信者であり、鷹揚《おうよう》で、いかにもアメリカ的に明るく、気のいい、可愛らしい大女のおばあさんであった。この人が川端さんの作品一つ読まずに、川端ファンになってしまい、川端さんも含羞から、英会話なんか知っていてもやらない人で、二人はただ目と表情で話すだけなのだが、氏がたのしそうに附合っていられるのが私にはよくわかった。「千羽鶴」が芸術院賞をうけたとき、ミセス・ウイリアムズは、わからぬながらも、わがことのように喜んで、早速祝賀会をひらいたが、行ってみると、用意された大きなケーキに、鶴が一羽しか描かれていない。私が「鶴が一羽だけじゃ、おかしい」と忠告したら、ミセス・ウイリアムズは「どうしておかしい」と反問する。

「それでもおかしいものはおかしい」と私は言った。ミセス・ウイリアムズは、

「だって、千の羽根毛をもつ鶴だから、一羽でいいじゃないか」と言うのであった。誰かが

そういう飜訳をして、おばあさんを文学的誤解に陥らせたものと思われる。

三

ここらで、氏の作品について語らなければならぬ段階だが、今までこんなに砕けた肖像画を描いて来ては、今更目くじらを立てて川端康成論を展開するわけには行かない。ただ私はこのごろになって、ヴァレリイの「作家の生活が作品の結果なのであって、その逆ではない」という有名な箴言《しんげん》もさることながら、一流の作家の作品と生活は、私小説的な意味ではなしに、結局のところ一致した相似の形を描くものだという確信を抱くようになった。

芭蕉のあの幻住菴《げんじゆうあん》の記の「終《つい》に無能無才にして此《こ》の一筋につながる」という一句は、又川端さんの作品と生活の最後の manifesto でもあろうが、川端さんの作品のあのような造型的な細部と、それに比べて、作品全体の構成におけるあのような造型の放棄とは、同じ芸術観と同じ生活態度から生じたもののように思われる。

たとえば川端さんが名文家であることは正に世評のとおりだが、川端さんがついに文体を持たぬ小説家であるというのは、私の意見である。なぜなら小説家における文体とは、世界解釈の意志であり鍵なのである。混沌と不安に対処して、世界を整理し、区劃し、せまい造型の枠内へ持ち込んで来るためには、作家の道具としては文体しかない。フロオベルの文体、スタンダールの文体、プルウストの文体、森鷗外の文体、小林秀雄の文体、……いくらでも挙げられるが、文体とはそういうものである。

ところで、川端さんの傑作のように、完璧であって、しかも世界解釈の意志を完全に放棄した芸術作品とは、どういうものなのであるか？　それは実に混沌をおそれない。不安をおそれない。しかしそのおそれげのなさは、虚無の前に張られた一条の絹糸のおそれげのなさなのである。ギリシアの彫刻家が、不安と混沌をおそれて大理石に託した造型意志とまさに対蹠《たいせき》的なもの、あの端正な大理石彫刻が全身で抗している恐怖とまさに反対のものである。

そして氏の作品におけるこの種のおそれげのなさは、氏の生活において云われる、「度胸」とか「肚」とか「大胆不敵」とかの世俗的表現の暗示するものと、いかにも符節を合している。氏の生活の、虚無的にさえ見える放胆な無計画と、氏が作品を書く態度の、構成の放棄とはいかにも似通っている。今、年譜を綿密に調べないで言うことだから、まちがいであったら訂正するが、氏の作品にはおそらく書き下ろしは一つもなく、悉くがジャーナリズムの要請するままの発表形式で書かれたものである。「雪国」のごときはしかも、永年未完成のままに放置されて、戦後になってから完成され、「千羽鶴」も「山の音」も、もうおしまいかと思うと、又つづきがあらわれて、何年かを経て完成されるが、さて完成されても、ドラマティックなカタストローフは決して設定されず、本当に終ったのかどうか、読者にも疑問に思われる。この点では、一見共通した作風の泉鏡花などが、通俗小説にひとしい「風流線」を、ギリシア悲劇のような急速なカタストローフで結んだのとは反対である。

川端さんのこういうおそれげのなさ、自分を無力にすることによって恐怖と不安を排除するという無手勝流の生き方は、いつはじまったのか？

思うに、これはおそらく、孤児にひとしい生い立ちと、孤独な少年期と青年期の培ったものであろう。氏のように極端に鋭敏な感受性を持った少年が、その感受性のためにつまずかず傷つかずに成長するとは、ほとんど信じられない奇蹟である。しかし文名の上りだした青年期には、氏が感受性の潑剌たる動きに自ら酔い、自らそれを享楽した時代もあったことはたしかである。氏がきらいだと言っておられる「化粧と口笛」のような作品では、氏の鮮鋭な感受性はほとんど舞踏を踊り、稀な例であるが、感性がそのまま小説中の行為のごとき作用をしている。

氏の感受性はそこで一つの力になったのだが、この力は、そのまま大きな無力感でもあるような力だった。何故《なぜ》なら強大な知力は世界を再構成するが、感受性は強大になればなるほど、世界の混沌を自分の裡《うち》に受容しなければならなくなるからだ。これが氏の受難の形式だった。

しかしそのときもし、感受性が救いを求めて、知力にすがろうとしたらどうだろう。知力は感受性に論理と知的法則とを与え、感受性が論理的に追いつめられる極限まで連れて行き、つまり作者を地獄へ連れて行くのである。やはり川端さんがきらいだと言われている小説「禽獣」で、作者ののぞいた地獄は正にこれである。「禽獣」は氏が、もっとも知的なものに接近した極限の作品であり、それはあたかも同じような契機によって書かれた横光利一の「機械」と近似しており、川端さんが爾後、決然と知的なものに身を背けて身を全《まっと》うしたのと反対に、横光氏は、地獄へ、知的迷妄へと沈んでゆくのである。

このとき、川端さんのうちに、人生における確信が生れたものと思われる。それは突飛な比較かもしれないが、十八世紀のアントアヌ・ワットオが抱いたような確信だった。情念が情念それ自体の、感性が感性それ自体の、官能が官能それ自体の法則を保持し、それに止まるかぎり、破滅は決して訪れないという確信である。虚無の前に張られた一条の絹糸は、地獄の嵐に吹きさらされても、決して切れないという確信である。これがもし大理石彫刻なら倒壊するだろうが。

こうして川端さんは、他人を放任する前に、自分を放任することが、人生の極意だと気づかれた。その代り他人の世界の論理的法則が自分の中へしみ込んで来ないように警戒すること。しかしその外側では、他人の世界の法則に楽々と附合ってゆくこと。……実際、快楽主義というものは時には陰惨な外見を呈するものだが、ワットオと共に、氏の芸術を快楽的な芸術だと云っても、それほど遠くはなかろう。

そして、何よりも生活は蔑視せねばならぬ。何故なら、一旦放任した自分が生活の上で重要なものになることは危険だからだ。もし放任された自分が、生活を尊重し、生活を秩序立てようとする意志、あるいは破壊しようとする意志を持ち出したら、作品が危険に瀕するだろう。この点で川端さんの人生は、悪い言葉だが実に抜け目がなかった。

ここまで言えば、冗《くだくだし》く言う必要もないことだが、川端さんが文体をもたない小説家であるということは氏の宿命であり、世界解釈の意志の欠如は、おそらくただの欠如ではなくて、氏自身が積極的に放棄したものなのである。

抽象観念の城郭にとじこもった人から見れば、川端さんの生き方は、虚無の海の上にただよう一羽の蝶のように見える。しかしどちらが安全か知れたものではない。

そういう川端さんが、完全に孤独で、完全に懐疑的で、完全に人間を信じていないかということになると、それは一個の暗黒伝説にすぎないことは、前にも述べたとおりである。氏の作品には実にたびたび、生命（いのち）に対する讃仰《さんぎょう》があらわれ、巨母的小説家であった岡本かの子に対する氏の傾倒は有名である。

しかし川端さんにとっての生命とは、生命イコール官能なのである。この一見人工的な作家の放つエロティシズムは、氏の永い人気の一因でもあったが、これについて中村真一郎氏が、私に面白い感想を語ったことがある。

「この間、川端さんの少女小説を沢山、まとめて一どきに読んだが、すごいね。すごくエロティックなんだ。川端さんの純文学の小説より、もっと生なエロティシズムなんだ。ああいうものを子供によませていいのかね。世間でみんなが、安全だと思って、川端さんの少女小説をわが子に読ませているのは、何か大まちがいをしているんじゃないだろうか」

このエロティシズムは勿論、大人が読まなければわからないエロティシズムだから、中村氏はそれを逆説的に誇張して言ったのにすぎないが、この感想は甚だ私の興味をそそった。中村氏のエロティシズムは、氏自身の官能の発露というよりは、官能の本体つまり生命に対する、永遠に論理的帰結を辿らぬ、不断の接触、あるいは接触の試みと云ったほうが近い。それが真の意味でエロティックなのは、対象すなわち生命が、永遠に触れられないというメカニズムにあり、氏が好んで処女を描くのは、処女にとどまる限り永遠に不可触であるが、犯されたときはすでに処女ではない、という処女独特のメカニズムに対する興味だと思われる。ここで私は、作家と、その描く対象との間の、――書く主体と書かれる物との間の、――永遠の関係について論じたい誘惑にかられるが、もう紙数が尽きた。

しかし乱暴な要約を試みるなら、氏が生命を官能的なものとして讃仰する仕方には、それと反対の極の知的なものに対する身の背け方と、一対をなすものがあるように思われる。生命は讃仰されるが、接触したが最後、破壊的に働らくのである。そして一本の絹糸、一羽の蝶のような芸術作品は、知性と官能との、いずれにも破壊されることなしに、太陽をうける月のように、ただその幸福な光りを浴びつつ、成立しているのである。

戦争がおわったとき、氏は次のような意味の言葉を言われた。「私はこれからもう、日本の悲しみ、日本の美しさしか歌うまい」——これは一管の笛のなげきのように聴かれて、私の胸を搏《う》った。

（『三島由紀夫全集』第二七巻、旧仮名は新仮名に改めた）

三島由紀夫　一九二六（大正一四）年—一九七〇（昭和四五）年。小説家、劇作家、思想家、評論家。戦後の日本文学界を代表する作家の一人。川端康成は若い頃から三島を評価し、いっぽう三島は川端を敬愛していた。川端は、自身がノーベル賞を受賞できなければ、次は三島に期待するしかない旨を表明してもいた。一九七〇年一一月に三島が自衛隊市ヶ谷駐屯地で割腹自決を遂げたとき、川端はその行為の是非をおいて、三島の死を惜しみ悼んだ。「永遠の旅人——川端康成氏の人と作品」は、『亀は兎に追いつくか』（村山書店、一九五六年）所収。現在では、『小説家の休暇』（新潮文庫、一九八二年）で読むことができる。

年譜（太字の数字は月・日）

一八九九（明治三二）年　**6・14**大阪市天満此花町（現・北区）に父・栄吉、母・ゲンの長男として生れる。父・栄吉は開業医。姉一人がある。

一九〇一（明治三四）年　二歳　**1**父・栄吉、死去。一家は母の実家のある大阪府西成郡豊里村三番（現・大阪市東淀川区）に移る。

一九〇二（明治三五）年　三歳　**1**母・ゲン、死去。祖父母に引きとられ、大阪府三島郡豊川村大字宿久庄字東村（現・箕面市）に移り住む。姉は母方の伯母の家に預けられる（七年後に死去）。

一九〇六（明治三九）年　七歳　豊川尋常高等小学校に入学。**9**祖母死去。以後、祖父との二人暮らしが始まる。

一九一二（明治四五・大正元）年　一三歳　豊川小学校尋常科を卒業。大阪府立茨木中学校に入学。

中学二年頃、小説家を志す。

一九一四（大正三）年　一五歳　5祖父死去。9伯父の家に引きとられる。翌年より卒業まで中学の寄宿舎に入る。

一九一七（大正六）年　一八歳　3茨木中学校を卒業。東京・浅草蔵前の従兄の家に身を寄せ、予備校に通う。9第一高等学校文科乙類（英文）に入学。翌年、伊豆に旅行、旅芸人と道づれになる。

一九二〇（大正九）年　二一歳　7一高を卒業。9東京帝国大学文学部英文学科に入学。第六次「新思潮」の発刊を企て、初めて菊池寛を訪ね、了解を得る。以後、長く菊池寛の恩顧をうける。

一九二一（大正一〇）年　二二歳　2第六次「新思潮」を発刊、創刊号に「ある婚約」を発表。12「南部氏の作風」を「新潮」に書き、はじめて稿料を得た。菊池寛の紹介で、芥川龍之介、横光利一に会う。

一九二二（大正一一）年　二三歳　6英文学科から国文学科に転科。この年、本郷根津から駒込、さらに千駄木へと転居。

一九二三（大正一二）年　二四歳　1菊池寛が創刊した「文藝春秋」に「林金花の憂鬱」（後に「浅草紅団」に挿入）を発表。2同誌の編集同人となる。7「新思潮」を再刊、「南方の火」を発表。

一九二四（大正一三）年　二五歳　3東京帝国大学文学部国文科を卒業。10横光利一、今東光らと「文芸時代」を創刊、「創刊の辞」を執筆。

一九二六（大正一五・昭和元）年　二七歳　前年より一年の大半を伊豆湯ケ島に滞在する。4松林秀子との生活始まる（入籍は昭和六年）。6最初の短篇集『感情装飾』を金星堂より刊行。

一九二七（昭和二）年　二八歳　3『伊豆の踊子』を金星堂より刊行。4湯ヶ島から東京府下杉並町（現・杉並区）に移る。5「柳は緑 花は紅」を「文芸時代」（終刊号）に、「第五短篇集」を「文藝春秋」に発表。11熱海温泉小沢の貸別荘に移り住む（翌年、大森馬込に移る）。

一九二九（昭和四）年　三〇歳　1「海山叙景詩」を「新潮」に、4「死体紹介人」を「文藝春秋」に、「橘康哉」を「近代生活」創刊号に発表。9上野桜木町に移る。10「文学」（第一書房刊）の編集同人となる。12「浅草紅団」を「東京朝日新聞」に連載（〜一九三〇2）。

一九三三（昭和八）年　三四歳　2「伊豆の踊子」が映画化される（監督・五所平之助）。6『化粧と口笛』を新潮社より刊行。**7**「禽獣」を「改造」に発表。**10**小林秀雄らと編集同人となり「文学界」を創刊（文化公論社）、「手紙」を発表。

一九三四（昭和九）年　三五歳　**1**文芸懇話会が結成され、会員となる。**12**『抒情歌』を竹村書房より刊行。越後湯沢へ旅行。この年、下谷区中坂町（現・台東区）に移る。

一九三五（昭和一〇）年　三六歳　**1**文藝春秋社により芥川賞が創設され、その銓衡委員となる。「夕景色の鏡」を「文藝春秋」に、「白い朝の鏡」を「改造」に発表（共に「雪国」の断章、これを皮切りに「雪国」連作が分載発表され始める）。**5**『禽獣』を野田書房より刊行。**10**「童謡」を「改造」に発表。鎌倉浄明寺宅間ヶ谷に移る。

一九三七（昭和一二）年　三八歳　**3**『化粧と口笛』を有光社より刊行。**7**文芸懇話会賞を受賞。**12**『女性開眼』を創元社より、少年小説集『級長の探偵』を中央公論社より刊行。鎌倉二階堂に移る。

一九四二（昭和一七）年　四三歳　**8**島崎藤村、志賀直哉らと同人となり、季刊誌「八雲」（小山書店）を発刊。

一九四四（昭和一九）年　四五歳　**4**第六回菊池寛賞を受賞。**7**「一草一花」を「文藝春秋」に発表。

一九四八（昭和二三）年　四十九歳　**5**『川端康成全集』（全一六巻）を新潮社より刊行（一九五四**4**完）。**6**志賀直哉の後をうけて日本ペンクラブ会長に就任。**12**完結版『雪国』を創元社より刊行。

一九四九（昭和二四）年　五〇歳　**5**「千羽鶴」を「読物時事別冊」に発表（その後連作の形で各章を分載して、一九五一**10**完）。**9**「山の音」を「改造文芸」に発表（その後連作の形で各章を分載して、一九五四**4**完）。広島市の招きで原爆の被災地を視察。この年、横光利一賞が設けられ、銓衡委員となる。

一九五〇（昭和二五）年　五一歳　ペンクラブの会員とともに広島、長崎の原爆被災地を視察。**8**「浅草物語」を中央公論社より刊行。**12**「舞姫」を「朝日新聞」に連載（～一九五一**3**）。

一九五二（昭和二七）年　五三歳　**2**『千羽鶴』を筑摩書房より刊行、芸術院賞を受賞。

一九五四（昭和二九）年　五五歳　**4**『山の音』を筑摩書房より刊行、第七回野間文芸賞を受賞。

一九五五（昭和三〇）年　五六歳　**1**『東京の人』を新潮社より刊行（全四冊、**12**完）。**4**『みづうみ』を新潮社より刊行。**7**『たまゆら』を角川書店より刊行。

一九五八（昭和三三）年　五九歳　2国際ペンクラブ副会長に推される。3東京国際ペン大会の努力により菊池寛賞を受賞（翌年、フランクフルトでの国際ペン大会に際して、ゲエテ・メダルを贈られる）。4『富士の初雪』を新潮社より刊行。12胆石症のため東大病院に入院。

一九六一（昭和三六）年　六二歳　11第二一回文化勲章を受賞。『眠れる美女』を新潮社より刊行。

一九六二（昭和三七）年　六三歳　6『古都』を新潮社より刊行。11「秋の雨」「手紙」「隣人」「木の上」「乗馬服」などの掌篇小説を「朝日新聞」に発表（〜12。翌年7〜8）。

一九六五（昭和四〇）年　六六歳　2『美しさと哀しみと』を中央公論社より刊行。9「たまゆら」を「小説新潮」に連載（〜一九六六3）。10日本ペンクラブ会長を辞任。『片腕』を新潮社より刊行。

一九六八（昭和四三）年　六九歳　7今東光が参議院議員選挙に立候補、その応援にあたる。10ノーベル文学賞を受賞。ストックホルムの授賞式での記念講演は「美しい日本の私」。

一九六九（昭和四四）年　七〇歳　3『美しい日本の私——その序説』を講談社より、4『川端康成全集』（全一九巻）を新潮社より刊行（〜一九七四3）。7『美の存在と発見』を毎日新聞社より刊行。

一九七一（昭和四六）年　七二歳　1「三島由紀夫」を「新潮」に発表。3秦野章の東京都知事選挙を応援。11「隅田川」を、12「志賀直哉」を「新潮」に発表。

一九七二（昭和四七）年　七三歳　3急性盲腸炎のため入院、手術。4・16逗子の仕事部屋でガス自殺。

（編集部）

こころ　夏目漱石

友を死に追いやった「罪の意識」によって、ついには人間不信にいたる悲惨な心の暗部を描いた傑作。詳しく利用しやすい語注付。（小森陽一）

現代語訳 舞姫　森鷗外　井上靖訳

古典となりつつある鷗外の名作を井上靖の現代語訳で読む。無理なく作品を味わうための語注・資料を付す。原文も掲載。監修＝山崎一穎

美食倶楽部　谷崎潤一郎大正作品集　種村季弘編

表題作をはじめ耽美と猟奇、幻想と狂気……官能的な文体によるミステリアスなストーリーの数々。大正期谷崎文学の初の文庫化。種村季弘編で贈る。

中島敦全集（全3巻）　中島敦

昭和十七年、一筋の光のように登場し、二冊の作品集を残してまたたく間に逝った中島敦――その代表作から書簡までを収め、詳細小口注を付す。

芥川龍之介全集（全8巻）　芥川龍之介

確かな不安を漠然とした希望の中に生きた芥川の全貌。名手の名をほしいままにした短篇から、日記、随筆、紀行文までを収める。

夏目漱石全集（全10巻）　夏目漱石

時間を超えて読みつがれる最大の国民文学を、10冊に集成して贈る画期的な文庫版全集。全小説及び小品、評論に詳細な注・解説を付す。

太宰治全集（全10巻）　太宰治

第一創作集『晩年』から太宰文学の総結算ともいえる『人間失格』、さらに『もの思う葦』ほか随想集も含め、清新な装幀でおくる待望の文庫版全集。

宮沢賢治全集（全10巻）　宮沢賢治

『春と修羅』、『注文の多い料理店』はじめ、賢治の全作品及び異稿を、綿密な校訂と定評ある本文によって贈る話題の文庫版全集。書簡など2巻増巻。

梶井基次郎全集（全1巻）　梶井基次郎

「檸檬」「泥濘」「桜の樹の下には」「交尾」をはじめ、習作・遺稿を全て収録し、梶井文学の全貌を伝える。一巻に収めた初の文庫版全集。（高橋英夫）

兄のトランク　宮沢清六

兄・宮沢賢治の生と死をそのかたわらでみつめ、兄の死後も烈しい空襲や散佚から遺稿類を守りぬいてきた実弟が綴る、初のエッセイ集。

文豪怪談傑作選・大正篇
妖魅は戯る　東雅夫編
文化の華開いた時代、文豪たちは怪奇な夢を見た。鈴木三重吉、中勘助、内田百閒、寺田寅彦、そして志賀直哉。人智の裏、自然の恐怖と美を描く。

文豪怪談傑作選・昭和篇
女霊は誘う　東雅夫編
戦争へと駆け抜けていく時代に華開いた頽廃の香り漂う名作怪談。永井荷風、豊島与志雄、伊藤整、久生十蘭、原民喜。文豪たちの魂の叫びが結実する。

世界幻想文学大全
幻想文学入門　東雅夫編著
幻想文学のすべてがわかるガイドブック。澁澤龍彥、中井英夫、カイヨワ等の幻想文学案内のエッセイも収録し、資料も充実。初心者も通も楽しめる。

柳花叢書 山海評判記／オシラ神の話　泉鏡花／柳田國男　東雅夫編
泉鏡花の気宇壮大にして謎めいた長篇傑作とそのアイディアの元となった柳田國男のオシラ神研究論考を網羅して一冊に。小村雪岱の挿絵が花を添える。

日本幻想文学大全
幻妖の水脈　東雅夫編
『源氏物語』から小泉八雲、泉鏡花、江戸川乱歩、都筑道夫……。妖しさ蠢く日本幻想文学、ボリューム満点のオールタイムベスト。

日本幻想文学大全
幻視の系譜　東雅夫編
世阿弥の謡曲から、小川未明、夢野久作、宮沢賢治、中島敦、吉村昭……。幻視の閃きに満ちた日本幻想文学の逸品を集めたベスト・オブ・ベスト。

日本幻想文学事典　東雅夫
日本の怪奇幻想文学を代表する作家と主要な作品を、第一人者の解説と共に網羅する空前のレファレンス・ブック。初心者からマニアまで必携！

柳花叢書 河童のお弟子　泉鏡花／柳田國男／芥川龍之介　東雅夫編
大正・昭和の怪談シーンを牽引し、「おばけずき」師弟でもあった鏡花・柳田・芥川。それぞれの〈河童〉作品を集めた前代未聞のアンソロジー。

世界幻想文学大全
怪奇小説精華　東雅夫編
ルキアノスから、デフォー、メリメ、ゴーチエ、ゴーゴリ……時代を超えたベスト・オブ・ベスト。岡本綺堂、芥川龍之介等の名訳も読みどころ。

世界幻想文学大全
幻想小説神髄　東雅夫編
ノヴァーリス、リラダン、マッケン、ボルヘス……時代を超えたベスト・オブ・ベスト。松村みね子、堀口大學、窪田般彌等の名訳も読みどころ。

ちくま文庫

教科書《きょうかしょ》で読《よ》む名作《めいさく》

伊豆《いず》の踊子《おどりこ》・禽獣《きんじゅう》ほか

二〇一七年三月十日　第一刷発行

著者　川端康成（かわばた・やすなり）

発行者　山野浩一

発行所　株式会社　筑摩書房
東京都台東区蔵前二―五―三　〒一一一―八七五五
振替〇〇一六〇―八―四一二三

装幀者　安野光雅

印刷所　凸版印刷株式会社

製本所　凸版印刷株式会社

筑摩書房サービスセンター
埼玉県さいたま市北区櫛引町二―六〇四　〒三三一―八五〇七
電話番号　〇四八―六五一―〇〇五三

ISBN978-4-480-43416-6 C0193